DU MÊME AUTEUR

Aux Éditions Verticales

Les yeux secs, *1998; J'ai Lu, 1999*
L'invention du père, *1999; Seuil, « Points », n° P807, 2001*
La route de Midland, *2001; Seuil, « Points », n° P807, 2002*
Les vies de Luka, *2002*
Exercices de deuil, *Collection « Minimales », 2004*
Sweet home, *2005; Folio à paraître, mai 2007*

À L'École des loisirs

Mon démon s'appelle Martin, *2000*
Vendredi 13 chez tante Jeanne, *2001*
Je suis un garçon, *Illustrations de Françoiz Breut, 2001*
Les choses impossibles, *2002*
Faits d'hiver, *2004*
Je suis la honte de la famille, *2006*
La vie peut-être, *2006*
Nous ne grandirons pas ensemble, *2006*

la disparition
de richard taylor

arnaud cathrine

la disparition de richard taylor

roman(s)

verticales | phase deux

pour Alix
pour Florent

« La mission de tout un chacun est de mener à bien le mensonge qu'il incarne, de parvenir à n'être plus qu'une illusion épuisée. »

Cioran

Aveux et Anathèmes

PREMIÈRE PARTIE

1998

L'infortune de Susan Taylor

On ne peut jamais savoir. Jamais. Ceux qui vous diront le contraire mentent. Ceux qui vous diront le contraire sont de la race des agents immobiliers. Imaginez seulement : vous visitez des dizaines d'appartements (enceinte de six mois, rendez-vous fixés après le boulot, au moment où la lumière décline, allez vous faire une opinion dans le noir, et Richard qui rentre rarement avant vingt et une heures, jamais là pour m'accompagner, toute seule en somme, toute seule), des dizaines d'appartements qui vont du plus sordide au plus inabordable (ceux qui vous prédisent que les prix vont baisser mentent, ceux qui prédisent pareilles conneries sont bien tranquilles chez eux, ils ne cherchent pas à se loger, ils ont trouvé il y a dix ans déjà, quand on pouvait encore trouver), des dizaines d'appartements plus petits les uns que les autres (enceinte de six mois, il fallait bien penser à la petite, trois pièces minimum, alors d'accord : nous aurions pu tout aussi bien aller vivre à Brighton, *dixit* la mère de Richard – la mère de Richard vit à Brighton), des dizaines d'appartements... et vous devenez folle. Alors quand, par miracle, vous tombez – passé six mois de pérégrinations vaines (autant qu'il avait fallu pour gonfler mon ventre) – sur un appartement vivable, potable, vous voilà prête à tout, reléguant à un avenir rêveur le coup du loft avec terrasse et j'en passe. Quand soixante mètres carrés vous tendent les bras à une heure de trajet de vos boulots respectifs, quartier résidentiel, calme parfait, ni chiens ni moteurs, vous dites tout naturellement : banco. Et tant pis pour Richard qui ne l'a pas visité. Tant pis pour la lumière, advienne que pourra, fonçons parce que les prix ne baisseront pas, la preuve : il reste encore de jeunes couples suffisamment tarés pour raquer trois cent quarante mille livres sterling pour soixante mètres carrés, les prix ne baisseront pas, dans cinq ans il sera tout simplement impossible d'habiter dans le centre de Londres, dans cinq ans il faudra aller s'installer dans un quartier déprimant de Brighton, à deux pas de la mère de Richard. Alors vous dites : banco.

Richard a compris. Richard s'est montré très conciliant. Sa mère non. Lui oui. Ça s'est fait très vite. La petite aussi. Elle avait trois semaines d'avance. Autant dire qu'elle est quasiment née dans les cartons. Richard y a mis du sien pour défaire ces satanés cartons et préparer la chambre de la petite. Sa mère nous a fait venir à Brighton pour lui présenter l'enfant, elle ne s'est pas déplacée, je l'aurais parié. En dehors de ça, tout s'est plutôt bien passé, dans l'urgence certes, mais une semaine après avoir emménagé et accouché, j'étais encore surprise que le cours des choses nous ait prêté main forte et que nous ayons accompli ce marathon qui n'allait pas de soi.

Est-ce le fruit mystérieux de notre génération ? La petite fait ses nuits. La petite est sur mesure, d'ailleurs je ne vois que des enfants sur mesure dans mon entourage. Il a bien dû arriver quelque chose, disais-je l'autre soir à la pute qui sert de mère à Richard, il a bien dû arriver quelque chose pour que tous les enfants autour de moi soient sur mesure et fassent leurs nuits, quand j'entends encore mes parents, et la mère de Richard en tête, gémir au souvenir de ces nuits épouvantables où les nouveau-nés étaient saisis d'insomnie et beuglaient comme des furies. « Les mères allaitaient à mon époque », rappelle souvent la mère de Richard dans l'espoir vicieux de me culpabiliser. Aucune envie d'avoir les seins de la mère de Richard, pensé-je chaque fois qu'elle m'attaque sur ce terrain. Et les hanches... Parce qu'en plus, j'ai tout perdu. J'avais très peu pris, c'est vrai. Impeccables les hanches, les seins, rien, comme si de rien n'était, c'est déjà suffisamment contraignant comme ça un enfant, oui un grand bonheur, cette petite, mais quoi : la vie continue ! Passé un mois à couver mon œuf récemment éclos, j'ai repris le boulot. Je ne me voyais pas une semaine de plus à l'appartement : c'est mon choix, je suis une femme active, j'avais pourtant prévenu la mère de Richard qui n'a pas manqué..., bref, j'étais contente. Contente de la petite. Contente de l'appartement. Et Richard. Et mes hanches. Et mes seins. J'étais contente.

Et puis, elle est arrivée. C'était un jeudi, en avril dernier. Elle avait dû visiter l'appartement en journée. Nous ne l'avons pas vue venir. On a été mis devant le fait accompli : elle emménageait. Une petite poule de trente ans. Célibataire manifestement. Je n'ai rien contre dans l'absolu... Moi-même, je me dis parfois... Enfin, n'allons pas de ce côté-là. Une poule de trente ans donc. Affable. Souriante. Jennifer Wilson, enchantée. Je ne comptais pas sympathiser plus que ça, les dîners entre voisins très peu pour moi, je laisse ça à la mère de Richard et à Brighton, mais enfin : voisine de palier, autant que les choses se passent bien ; voisine de palier : c'est toujours bon pour dépanner.

Et ça a commencé dès le premier soir. La petite dormait. Je regardais un épisode de *Absolutely Fabulous.* Richard lisait son journal. Nous deux allongés entre des draps lisses et familiers, dans une atmosphère tout à fait paisible et propice au repos... Et là, les gémissements. Et très vite, les cris. Des hurlements. Richard tourne la tête de mon côté : « Tu entends comme moi ? — Oui, j'entends comme toi : elle baise », je ne le dis pas comme ça, je ne sais plus quelle est ma formule. Richard opine, il dit : « Mais... elle est seule... Elle se branle. » Nos chambres sont mitoyennes. On entend son corps buter contre le mur, ce même mur où Richard et moi sommes adossés, lui lisant son journal, moi suivant les frasques de *Absolutely Fabulous.* Et l'autre qui se branle dans le vacarme le plus invraisemblable... Vingt minutes plus tard, la poule dort. N'en parlons plus et espérons qu'un *gogo dancer* ne vienne pas, un de ces jours, ajouter ses râles à cette fanfare qui vient de nous rappeler, Richard et moi, à l'embarrassante absence de sexualité qui nous frappe depuis que la petite est née, et encore dois-je avouer que l'enfant fut conçu dans un moment d'exception, pour m'engrosser précisément, le plaisir du sexe ayant déserté notre couple depuis longtemps déjà.

Je devrais faire comme la poule, c'est ce qui me traverse l'esprit au moment de m'endormir, songeant au calme inquiétant de Richard, faire comme la poule quand Richard n'est pas là, et puis je m'endors.

Peut-être pas toutes les nuits comme ça, mais presque en tout cas. Un très, un très grand nombre de nuits comme ça.

Pour commencer : Richard et moi, ligués dans l'assurance du dérangement occasionné, nous râlons, de concert, parfois jusqu'à couvrir les gémissements de la poule, ses cris atrophiés mais bien retentissants. Jamais elle ne cesse, elle va au bout, la poule. Et quand nous la croisons – rarement, je ne sais même pas si elle travaille – quand nous la croisons dans l'ascenseur, elle affiche un sourire dégagé, elle s'examine dans le miroir, replace sa frange et tapote ses lèvres comme pour atténuer le carmin de son rouge à lèvres. Méconnaissable, la poule. Il y a deux poules : la poule qui se branle et nous pourrit la vie, et puis la poule qui vit sa vie et nous gratifie de sourires inconséquents quand nous aurions envie de lui demander des comptes et, si l'occasion s'en présentait, de l'étrangler. Le plaisir passe, le dérangement occasionné, non.

Donc, pour commencer : ligués Richard et moi dans l'assurance de la nuisance sonore. Ensemble. La petite, elle, dort. Elle ronfle même. C'est jeune pour ronfler mais c'est une autre histoire.

Seulement voilà. Presque tous les soirs comme ça... Trois mois passent, or il semble que l'alliance de nos forces perde de sa vigueur, avec à peu près autant de rapidité d'ailleurs que la bite de Richard a cessé de faire pont-levis pour m'envoyer en l'air. Oui, la grogne de Richard s'étouffe. Je crois même qu'il prête parfois l'oreille, reposant son journal, puis l'abandonnant purement et simplement, prétextant une grande fatigue et se calfeutrant à l'autre bout du lit pour profiter de ce qui n'est plus une nuisance sonore mais, à l'évidence, un ravissement. Je le vois de biais, tandis qu'il me pense absorbée par *Ab Fab*, dodeliner du bassin. Il ne va pas se branler lui aussi ?! Non : il a la générosité d'aller aux toilettes pour se finir.

Un très grand moment de solitude pour moi. Je me dis : je ne comprends pas ce qui se passe. Et, en réalité, je sais très bien ce qui se passe : une poule vient de ranimer les sens de mon Richard mais il est bien entendu qu'il ne compte en rien me convier au feu d'artifice.

Trois, quatre, cinq mois passent. Ainsi. Richard rentre de plus en plus tard, il prétend que la BBC l'accapare. Il se couche de plus en plus tôt, se tient de plus en plus loin de moi dans le lit. Et Jennifer Wilson beugle.

La petite, quant à elle, est gentille même si ses airs béats m'exaspèrent un tantinet. Sait-elle au moins ce qui se joue chaque soir au pied de ce mur mitoyen ? Le contentement de Jennifer Wilson qui aura bientôt mis à pied le nôtre...

Le 16 mai dernier.
Richard n'est pas rentré.

Je n'ai rien vu venir. La veille, nous avons passé une soirée charmante avec Rebecca Swift, une collègue de Richard. J'ai senti un regain d'affection de Richard à mon endroit.

Le 16 mai.

Richard a écrit une lettre à sa mère. Qu'elle m'a lue.
Ma dernière trace de lui.

La poule ne se branle plus.
Les soirées sont redevenues calmes.
D'un calme terrifiant.
Elle habite toujours l'appartement d'à côté. Non : Richard n'y est pas. C'eût été trop simple. Richard est parti. Et la poule fait silence.

Je suis seule à tendre mon sein parfait à la petite qui n'en veut pas.

La décision de Rebecca Swift

Crois-moi : j'avais décidé que je n'aimerais pas Richard. Qui plus est, j'avais décidé que je n'en parlerais à personne (ce qui forme assez vite et couramment la matière d'un secret de polichinelle, j'en conviens).

Ma décision était donc de ne pas aimer Richard. Ne pas céder à l'hypothèse amoureuse, ni même et surtout au sentiment amoureux (si tant est qu'à un quelconque moment il y eût une chance pour que Richard cède lui-même à ladite tentation, ce qui reste à prouver, je te l'accorde).

Ma décision ferme et irrévocable était donc de ne pas l'aimer.

J'ai connu Richard il y a un an. Il est entré à la BBC juste avant moi. J'ai dû t'en parler une ou deux fois, en passant, avec l'air de ne pas y toucher... Notre collaboration allait bon train : j'écrivais les textes des bandes-annonces, lui montait les images. Je n'avais jamais exercé ce métier idiot avec autant d'allant, je te le certifie. Et, humaine trop humaine, je ne pense pas avoir identifié immédiatement la source de mon enthousiasme soudain. J'aimais m'installer à côté de Richard, regarder les films en sa compagnie, mettre en accéléré les séquences jugées affligeantes, et il y en avait beaucoup, qui nous inspiraient des fous rires salutaires, alors : mettre le film en accéléré, feindre une culpabilité complice et cogiter enfin nos chétifs *teasing* de trente secondes. J'aimais tout ça. Me suis-je dit, les premières semaines. Au lieu de quoi je commençais à aimer Richard. Me suis-je finalement avouée au bout de quelques semaines.

Alors la question s'est posée. Car quand on commence à aimer, il s'agit de décider si l'on va aimer. Ou non. Je veux dire : s'abandonner. Ou pas.

Tu ne pourras jamais mesurer l'entente lumineuse qui nous a pris d'un même ciment, Richard et moi. J'avais rarement vécu ça. Avec Graham peut-être. Oui, il a dû se passer quelque chose de similaire avec Graham. On ne fait pas tant de rencontres de cet ordre dans une vie. Alors sur ce point, je peux aisément faire un parallèle avec Graham. Que j'ai aimé, souviens-t'en, oui je l'ai aimé, Graham, et il m'a aimée, et nous nous sommes séparés, alors je l'ai perdu. J'avais donc décidé de ne pas aimer Richard pour cette première raison : la perte. Non pas pour m'éviter les affres du sentiment amoureux (qui ne me déplaisent pas, tu t'en doutes : il est connu qu'on se sent plus complète dans l'incomplétude qu'engendre l'état amoureux), j'avais décidé de ne pas aimer Richard, disais-je, non pas pour m'éviter les enivrantes tortures qui découlent inévitablement de cette expérience puérile et magnifique qu'est l'amour mais parce que je tenais plus que tout à garder Richard dans ma vie, conserver Richard le plus longtemps possible dans ma vie. Contrairement à Graham. Que j'ai perdu. En d'autres termes, il me fallait renoncer à la moindre hypothèse amoureuse, la passion faisant nécessairement courir le risque de la perte, or j'en ai plus que marre de perdre. Surtout les quelques garçons que je suis capable d'aimer (j'aime rarement, c'est un fait, je suis le contraire d'un cœur d'artichaut, j'ignore de quel légume mon cœur est fait, sans doute une courge qui pousse une fois par décennie). J'avais donc décidé que Richard serait mon ami, mon précieux et non mon amoureux (si tant est qu'à un quelconque moment il y eût une chance pour que Richard soit amoureux de moi, et tu voudrais – je le sens bien – que je m'explique sur ce point, quelle était la situation affective de Richard pour que j'espère tant et si peu, à vrai dire je n'ai pas tout à fait statué sur cette question, cette question est complexe puisque Richard était marié, Richard et Susan venaient d'avoir un enfant, ils avaient acheté un soixante mètres carrés, quartier résidentiel, calme parfait, ni chiens ni moteurs, le rêve, on peut donc considérer qu'il y avait obstacle, qui plus est je ne suis pas de celles qui vont foutre le bazar chez les autres, tu me connais, mais voilà : Richard avait « une vie de merde », je tiens de Richard lui-même qu'il avait « une vie de merde », et j'y reviendrai même si je m'en veux d'employer des mots si durs mais je garde en mémoire des phrases inscrites au carbone 14, vois-tu, il y a des phrases – que je tiens de Richard lui-même – qu'on n'oublie pas, mais j'y reviendrai, non je n'éluderai pas cette question épineuse).

J'avais donc décidé que je n'aimerais pas Richard. J'aimais trop Richard pour prendre le risque de l'aimer. Et donc de le perdre. Car les histoires ont toujours une fin de nos jours. Et je m'arrêterai un instant sur cet affreux constat parce qu'il concerne l'espèce humaine, et la société contemporaine très certainement ; de plus il me concerne au premier chef, et donc ce récit : mes histoires ont toujours eu une fin. Tu pourras me citer quelques faits divers et cas d'école, nous connaissons toutes les deux des histoires qui ont duré, mais je parle pour moi, je ne puis parler que de moi, mes histoires ont toujours eu un début, un déroulement – plus ou moins laborieux – et une fin. Ce qui désespère maman, tu imagines. Maman aimerait tellement me voir mariée. Mais non : mes histoires ont toujours eu une fin. Une question de génération, dit maman ; trop facile de rompre à la première alarme, dit maman lorsque je lui annonce que je viens de me séparer de quelque amoureux. Trop facile de se décourager, dit maman, tout le portrait de ton père, qui s'est barré à la vue du premier obstacle, car enfin ça se construit un couple, ça prend du temps, il faut de l'endurance, du courage et de l'abnégation pour construire un couple, ça ne se fait pas comme ça, seulement dans votre génération vous détalez sous n'importe quel prétexte, ton père était très en avance sur son temps quand j'y pense, trop facile, le beurre et l'argent du beurre, l'amour sans les inconvénients, dit maman. La souffrance (c'est moi qui parle) : seule recette autorisée pour briguer une juste place dans le troupeau. Mais je ne suis pas de celles-là, et toi non plus, je sais, je prêche une convertie. Alors *exit*. Quand on n'aime plus, on n'aime plus. Et l'on perd. Alors j'ai perdu Graham. Et tout cela forme un axiome assez désespérant, il faut bien le reconnaître : mes histoires ont toujours eu un début grisant exaltant magnifique, mais une fin. Alors c'est la perte sèche. Inutile, je pense, de me justifier plus avant sur cette question : tu comprends aisément que j'anticipais la perte de Richard, perdre Richard, impossible, inimaginable, je l'aimais trop.

Dommage qu'il y eût l'appréhension de la perte, grand dommage, parce que : Richard. Lui quoi. Comme on en rencontre rarement. Or, on ne peut aimer sans admiration, je veux parler d'une admiration colossale, de même qu'on ne peut aimer sans amitié, une amitié colossale, et sans un désir colossal, et toutes sortes d'ingrédients que beaucoup sous-estiment, se lovant dans une coquille qui s'avère creuse lorsque la passion s'assagit (tu te souviens de William et Rick ?). Car qu'est-ce qu'un couple ? dis-je souvent à maman, une association tout d'abord passionnée qui laisse place peu à peu à un doux compagnonnage, lequel nécessite moult ingrédients pour tenir la route, un couple ne saurait survivre sans une admiration conjointe et colossale, ni sans une amitié du même ordre, dis-je souvent à maman, ils sont beaucoup à parier, à s'y risquer, mais très peu emportent le morceau, et je dois bien avouer que Richard... oui, tout était là, il y avait une possibilité (si tant est qu'on fasse l'économie de Susan, l'enfant tout récent, l'appartement qui ne l'était pas moins, tu me diras que j'ai perdu mon temps à échafauder cette hypothèse amoureuse étant donné la situation affective de Richard, je reconnais que je suis aussi irraisonnée que William dans ce genre de situation, cela dit il y a des phrases, j'y reviendrai, les phrases de Richard, « leur vie de merde »), accorde-moi en attendant qu'on ne fantasme jamais seule, on ne se voit jamais sur le point de faillir par son seul désir, il faut bien qu'il y ait quelqu'un en face pour t'inspirer le désir, le désir d'une histoire, et surtout : te l'autoriser ; on s'engouffre dans la brèche que quelqu'un a ouverte sous tes yeux, non ? Le malheureux (Richard en l'occurrence) en était plus ou moins conscient, c'est vrai, plus ou moins responsable, je te l'accorde, il se débattait tout simplement avec sa vie de merde, mais avoue qu'on ne tombe pas amoureuse dans l'invention de l'autre la plus totale, il faut bien que ses yeux clairs et profonds m'aient tendu quelques perches, il faut bien qu'une fréquentation jouissive de l'animal m'ait appris qu'il se jouait quelque chose de son côté, qu'il le reconnaisse ou non, j'affirme qu'on ne tombe pas amoureuse de son seul fait.

J'ai donc buté de longues semaines sur cette obsession de la perte. Ce qui m'aidait très certainement à oublier Susan, l'enfant, l'appartement, bref – l'impossible. Je pensais : la perte. Mais je te pose la question, Vanessa : pourquoi une telle obsession, sinon pour oublier Susan, l'enfant et l'appartement ? Barthes évoque une perte originelle, une perte antérieure pour expliquer l'angoisse de l'abandon amoureux, et cela me semble être une hypothèse recevable en ce qui concerne un certain nombre de mes congénères (William par exemple, William toujours lui), sauf que je n'ai nulle perte originelle ni antérieure à mon actif de petite fille et d'adolescente. Je ne peux même pas accuser mon père qui est un vieil homme charmant et qui a eu la bonne idée de quitter ma mère il y a fort longtemps. Non, rien de tout ça. Alors je m'en remets fatalement à d'autres hypothèses, telle la perte de Graham, mais il y a plus, je le crains, et plus profond, disais-je : l'hypothèse qui veut que je sois très peu douée en amour, c'est dit. Maman me contredirait sur ce point (mais maman ne m'a jamais contredite puisque je n'ai jamais eu l'occasion de lui faire cette confession, l'affreux constat m'étant apparu il y a très peu de temps, oui, je me suis avoué très tardivement que) : je suis très peu douée en amour, c'est un fait, parce que je suis fade et assez commune et par trop indépendante, je crois, très peu digne d'être aimée une vie durant, ne fais pas non, il m'arrive d'être intéressante, il m'arrive de tenir une soirée à me montrer affable, voire pertinente et pleine d'esprit, mais va partager mon lit, mon thé matinal, mes soirées et j'en passe, je ne vaux guère mieux que la majorité des minables humains, et la majorité est ennuyeuse à pleurer, c'est une évidence, je n'échappe pas au mesquin troupeau et je ne vois pas comment un garçon normalement constitué (je reviens peu à peu à Richard, en passant par Graham bien entendu) pourrait décemment construire une histoire, voire une vie entière, sur l'ennui abyssal que je génère.

Nous avançons : obsession viscérale de la perte, conscience aiguë de ma médiocrité, j'avais – pour ces deux raisons fondamentales – décidé que je n'aimerais pas Richard, mais tu continues à te demander en quoi il a pu s'agir d'une *décision* étant donné le peu de chances pour que Richard tombe amoureux de moi eu égard à sa situation d'homme marié, père de famille et propriétaire d'un appartement de soixante mètres carrés récemment acquis. J'y viens ou plutôt je reviens sur ce jugement de valeur qui me fait un peu honte et dont tu exigeras, à raison, un commentaire : Richard et Susan avaient une vie de merde et il était fort à parier – humaine trop humaine – que mon espoir amoureux aille un jour se fourrer là-dedans, sans pour autant que je l'assume, d'ailleurs, ce qui fait beaucoup en termes existentiels.

Ce fut la première réelle confession de Richard, un soir au pub, et je ne pouvais pas me permettre de le faire taire, il n'aurait pas compris, alors je l'ai laissé raconter : Richard s'était marié avec une conne. C'est une vilaine façon de résumer l'affaire mais tu auras saisi l'idée. Susan était vraisemblablement une gentille fille mais, sitôt l'enfant conçu, Richard avait cruellement pris conscience qu'il avait engrossé une fille convenue, sans grande personnalité et à qui il n'avait pas grand-chose à dire. J'oublie de te dire que Richard vient d'un milieu pour le moins corseté, le même que nous en somme, alors tu comprendras parfaitement l'odieux diktat qui l'a amené à épouser puis engrosser une conne. Richard a fait ce qu'on attendait de lui, pour s'apercevoir de son erreur à trente ans. Dieu sait pourtant que Richard était capable d'indulgence et de douceur à l'endroit de Susan, jamais il n'aurait employé les qualificatifs que je m'autorise avec toi. Richard concédait volontiers que

Susan était une bien gentille fille mais qui ne méritait pas qu'on la charge plus que ça. Une charmante conne, dans mon lexique, une bécasse inoffensive, mais Richard pouvait espérer mieux, cela va sans dire, et il venait juste de s'en apercevoir. Richard avait grandi et vécu pendant trente ans comme un petit-bourgeois conformiste, travaillant là où il fallait, se mariant avec qui il fallait, engendrant comme il fallait, pour se réveiller finalement d'une affreuse anesthésie et prendre acte qu'il était étranger à sa vie (je remercie tous les jours le ciel d'avoir rencontré Graham assez tôt, sans Graham j'aurais certainement pu suivre le même chemin, je l'ai échappé belle, en attendant je suis triste pour Richard qui, lui, sera sorti du grand sommeil à l'âge de trente ans, une fois emprisonné, une fois embourbé dans sa vie de merde, quelle tristesse, tu me diras : on a la vie devant soi à trente ans, et c'est juste, sauf qu'il avait une femme et un enfant et qu'on ne s'enfuit pas de prison sans dommage, ce qu'il a bel et bien fini par faire, tu devines l'issue de l'histoire, Richard est parti un beau jour, mais j'y reviendrai).

Enfin rendu au sol par je ne sais quel miracle, Richard me confia donc qu'il avait disparu de sa propre vie et que les seuls moments où il se sentait vivre, c'était ceux que nous partagions à la BBC. Ce fut un choc, j'aurais vraiment voulu le faire taire car quelque chose en moi s'était immédiatement réveillé à l'écoute de cette phrase, c'était plié, je commençais à l'aimer, sur cette seule phrase, je ne sais même pas si je le trouvais beau à l'époque, sans doute est-ce venu plus tard, une fois la brèche ouverte, mais quel choc, cette phrase : « les seuls moments » « où je me sens vivre », « c'est » « avec » « toi », difficile de résister à ça, je suis forte, je ne suis pas de celles qui vont foutre le bazar chez les autres, tu me connais, mais là...

Je tâchais de me tenir droite et indifférente à l'écoute de cette foutue phrase, sentant au même moment un trouble m'envahir, mais je n'en laissais rien paraître et je l'écoutais, partagée entre l'amour naissant que je ravalais comme je pouvais et l'amitié profonde qui me dictait de laisser Richard parler, de l'écouter, parce qu'il avait sincèrement besoin de parler et que je l'écoute. Le couperet fatal finit par tomber au moment où il prononça la deuxième phrase, la fatidique, pour autant qu'on puisse considérer que la première ne le fut pas suffisamment : « Je me dis parfois que c'est une fille comme toi qu'il me faut. » C'était un exemple sans doute, une hypothèse, une projection de sa part, mais le point de non-retour pour moi était atteint.

Richard s'est-il aperçu de quoi que ce soit lors de cette confession ? Je ne saurais le dire. Nous n'eûmes pas le temps suffisant par la suite pour en débattre. Toujours est-il que je nous revois accoudés au pub, je me souviens par le menu de sa confession émouvante, et c'est alors que j'ai commencé à l'aimer contre mon gré, c'est alors que j'ai commencé à m'en défendre, à me l'interdire, et à échouer.

Bien sûr, je n'avais rien vu venir puisque c'était venu d'un coup. Ces choses-là viennent d'un coup. Comme les crises cardiaques.

Il y eut alors la question de son corps. Oui, j'aurais dû m'attendre au pire : une fois la brèche ouverte, le corps allait venir avec. C'est dangereux un ami de cette sorte. C'est dangereux parce qu'une fois la brèche ouverte, le corps fatalement vient avec. Ainsi, disais-je, peu après avoir commencé à aimer Richard, je commençai à le désirer aussi. J'étais foutue. Les journées, les semaines, les mois, les confessions, les rires se sont succédé et très vite il m'est apparu que je ne voyais plus Richard avec le même regard. J'ai commencé à le regarder de plus en plus, son corps, et à travers les vêtements, imaginer ce qu'il y avait dedans, or c'est le début de la fin quand on s'engage par là, ne manque plus qu'un parfum et on est pris dedans. Je l'écoutais, oui, je l'écoutais, et je parlais, je le regardais me regarder, quand je disais quelque chose qui lui plaisait, je voyais ses yeux rouler autour de mon visage et je me disais : se pourrait-il que je l'aie touché ? Et, tu vois, jusque-là, les mots parlent pour moi : touché, pensais-je, oui, c'était bien ce mot-là. Or quand une cérébrale comme moi commence à avoir envie de toucher...

Alors ce fut une sorte d'abandon, je ne sais pas comment appeler ça – lorsque tu rends les armes et que tu admets l'évidence : Richard n'était plus un simple ami, fini, je ne trouvais plus Richard simplement beau, comme l'on trouve beau un ami, d'une beauté lointaine, inoffensive et douce ; non, je commençais à le voir de près, je commençais à l'aimer, à le désirer. Peut-être même que je l'aimais déjà tout court. Le corps et la tête. Lui tout entier. Puisque tout vient avec, une fois la brèche ouverte.

Susan, l'enfant, l'appartement de soixante mètres carrés, l'interdiction fondamentale de déstabiliser un garçon si fragile, la peur tenace de la perte en cas de liaison, la peur de moi-même, peur de n'être pas une autre fille que la fille emmerdante et fade que je suis, c'est-à-dire une fille un tout petit peu plus intéressante que Susan mais guère plus dès lors qu'on partage mon quotidien et, pour autant, cette maudite phrase qui tournait sans cesse dans ma tête, *je me dis parfois que c'est une fille comme toi qu'il me faut* – autant d'impératifs catégoriques mêlés d'élans amourachés rendirent la situation singulièrement problématique et me firent penser un jour au réveil (j'avais rêvé de Richard évidemment, Richard ne quittait plus mon esprit) : je n'aimerai pas Richard. Alors que je l'aimais, je te l'accorde. Mais non : c'était un amour impossible. De là, décrétai-je : je ne chercherai pas avec mauvaise foi à le prendre en grippe, non, je transformerai l'essai, j'étoufferai mon désir, j'irai voir ailleurs s'il y est, je ne dépasserai pas la ligne jaune, je me raisonnerai, arguant de la chance que c'est d'avoir déjà ce Richard-là dans ma vie (ce qui reste absolument vrai et défendable) et je n'aimerai pas Richard, je n'aimerai pas Richard, misérable autosuggestion, mais l'on se débrouille des mauvais pas comme l'on peut.

Ai-je souffert ? Je ne saurais dire. Jusqu'à ce fameux dîner, non. Jusqu'à cette douloureuse soirée, je crois pouvoir affirmer que mon endurance, ma force et ce qu'il me restait de raison m'ont épargné les souffrances pathétiques que j'aurais pu connaître plus jeune. Car j'en reviens une fois encore à Graham. On apprend beaucoup quand on a perdu pareil garçon. On en ressort aguerrie, armée. Après ça, on prend ce qui est à prendre. On est heureuse avec ce qu'on a. On ne joue pas à l'enfant gâté, on ne joue pas à la diva. Alors : obnubilée oui, souffrante non. Certes, ce ne fut pas tous les jours facile : la contemplation de son regard lumineux, la vue de son corps, son parfum, son odeur, le constat quotidien de son intelligence et l'admiration pour un être qui s'éveillait à sa nouvelle vie et se débattait bravement avec l'ancienne, tentant d'envoyer foutre trente ans d'une vie sans vie. « Deviens ce que tu es », tu connais la chanson, alors voilà : je voyais Richard devenir ce qu'il était et c'était touchant comme spectacle. Sans doute nos conversations le guidaient-elles sur ce chemin, un chemin qui ne favorisait pas la pérennité de son mariage et la survie de son foyer, c'est vrai, et j'en viens, entre parenthèses, à une question cruciale : suis-je en cela coupable ? Je jure sur la tête de mon père que j'avais décidé de ne pas aimer Richard (alors que je l'aimais), je ne faisais que l'aider et l'aiguiller dans la mesure où il me le demandait, je lui donnais l'autorisation d'entériner les diagnostics assassins qu'il faisait à l'endroit de sa vie, tout en m'interdisant de l'aimer (bien que je l'aimais), tu trouves mon histoire compliquée ?, moi non, complexe oui, c'est autre chose, je restais donc à ma place, je le laissais foutre son couple en l'air sachant que je n'avais rien décidé de pareil pour lui, peu à peu j'étais de plus en plus persuadée qu'il finirait par lâcher Susan, et alors j'espérais qu'il trouverait une fille à aimer, quelqu'un (je lui ai même présenté William un soir ! n'importe quoi...), bref, j'espérais qu'il referait sa vie, mais pas avec moi, c'était un amour impossible : alors qu'il quitte Susan et qu'il vive enfin sa vie, que diable, avec une autre, et c'est ce qui est arrivé d'une certaine manière, puisqu'il y eut cette affreuse soirée, et là je peux dire que j'ai souffert mais il me fallait bien accepter tous les termes du contrat, ou ne pas signer, mais j'avais signé, à mon corps défendant certes, mais j'avais signé quand même (choisit-on de tomber amoureuse ?, je commence à en douter brusquement), le fait est : j'avais signé. Il y eut donc cette affreuse soirée.

L'idée d'être invitée à dîner chez Susan et Richard fut une chose difficile à débrouiller dans mon esprit. Quelqu'un en moi se réjouissait, d'une manière très simple et très saine, quelqu'un d'autre redoutait de faire la connaissance de Susan bien évidemment.

Susan était trait pour trait celle que Richard m'avait décrite, à ceci près que l'espace d'une seule soirée ne put m'inspirer une sévérité excessive. Sans doute ai-je épuisé en une soirée toutes les possibilités de cette bourgeoise sans prétention, sans doute ai-je tout vu d'un coup, une soirée de plus aurait démasqué le grand vide, mais pour une soirée, j'avoue, le résultat était honorable, bonne copie, dirait-on, Susan avait un minimum de conversation, rien de très passionnant, c'est vrai (je pense notamment au récit de l'achat de l'appartement, une heure quinze pour en venir à bout, ce qui me fit craindre qu'on ne passât dans la foulée au chapitre décoration, mais non, Susan en resta à l'exploit vertigineux que ça avait été de trouver un appartement à Londres, quel périple, quel labeur ; et comme Susan est une fille bien élevée, elle ne manqua pas de me demander où j'habitais et si j'avais connu pareilles vicissitudes pour trouver mon logement, ce à quoi je répondis que papa m'avait offert un soixante mètres carrés il y a déjà dix ans, cela tenait en une phrase et la conversation fut close. Bref : potable, Susan. Et Richard – le nouveau Richard – partagé entre une subtilité qui désarçonnait sa bonne femme et un regain passager d'affection pour elle, étant entendu qu'ils avaient un témoin et que les histoires moribondes ne renaissent de leurs cendres que le temps des dîners devant témoins.

Je fis bonne figure, je crois, je fis ce que Richard attendait de moi, me montrer bienveillante et neutre avec Susan, et l'aider en cela à prendre une décision, à prendre *la* décision. La soirée se déroula donc sans encombre, je ne souffrais même pas (l'être humain est curieux) jusqu'à ce moment critique où Susan disparut dans la cuisine pour préparer le dessert et où Richard m'annonça à mi-voix qu'il avait décidé de quitter Susan. Jusque-là, rien de très surprenant. C'est après. Et il faut croire que l'après me fit l'effet d'une chaise électrique puisque ma mémoire cafouille, je ne me rappelle les phrases de Richard que par bribes : la voisine, une certaine Jennifer, je ne compris pas exactement de quoi il retournait et s'il s'était passé quelque chose entre eux, toujours est-il qu'il avait « réalisé », je le cite, qu'il devait quitter Susan « à cause » ou « grâce » à la voisine, il avait « enfin réalisé ». Alors ce fut une déflagration : une voisine l'avait, d'une quelconque façon, déstabilisé, pas moi, une simple putain de voisine avec qui il n'avait peut-être même pas baisé, pas moi, une goutte d'eau dans le funeste vase, mais pas moi, c'était un coup de couteau dans le dos, j'étais prête à tout balancer, me répandre, brader mon endurance et cette aptitude à la raison qui avait dicté ma conduite jusqu'alors. Mais.

Je ne fis aucun commentaire (l'être humain est curieux), confusément persuadée que la moindre confession de ma part signerait notre arrêt de mort, *mon* arrêt de mort dans la vie de Richard, je risquais surtout de me prendre un râteau, alors je hochai la tête avec compassion et compréhension, je laissai Susan réintégrer le salon, je forçai ma jovialité, espérant aider Richard à sauver les apparences, l'annonce de sa décision ayant manifestement fait chuter son humeur, et la soirée se termina ainsi, sans plus d'éclat qu'on ne pouvait en attendre, et je repartis comme j'étais venue, laissant le couteau planté dans mon dos, tentant de me persuader que je vivrais avec, et même très bien – un couteau planté entre les omoplates ne suffirait pas à me briser le cœur.

J'ose espérer que Richard n'a pas mis les voiles avec la voisine. Oui, j'abandonne mes grands principes pour prendre acte de la souffrance que ce serait d'apprendre que Richard est parti avec la putain de voisine. L'incertitude m'arrange. Restons-en là. Mais quand j'y pense : la souffrance que ce serait d'apprendre que *la fille qu'il lui fallait*, c'était la putain de voisine.

Le jeune monteur avec qui je travaille depuis la disparition de Richard est d'un inintérêt crasse et je ne m'étendrai pas sur le sujet : mon travail m'apparaît maintenant comme il m'apparaissait avant l'arrivée de Richard dans ma vie – d'un inintérêt parfaitement ajusté à celui de mon frais collègue.

Je me suis posé mille questions, plus ou moins idiotes, plus ou moins légitimes, pour expliquer la soudaine disparition de Richard. Les hypothèses m'ont lassée, fatiguée, je ne veux même plus chercher à comprendre.

J'avais décidé que je n'aimerais pas Richard. Ce fut un secret pour tout le monde sauf pour moi : au moment même où j'avais commencé à aimer Richard, j'avais d'ores et déjà décidé que je ne l'aimerais pas. Qui plus est, j'avais décidé que je n'en parlerais à personne mais je n'y tiens plus.

Voilà. J'ai perdu Graham. Et j'ai perdu Richard.

En fait, il n'est pas anormal que Richard m'ait rappelé Graham. Car jusqu'au bout, il se sera passé quelque chose de tout à fait similaire. Qui tient dans l'inéluctable expérience de la perte.

La complainte de Jean Taylor

Une meurtrissure. Indélébile. Dieu sait pourtant que je savais avant de comprendre. Oui, cela arrive souvent : une information cruciale reste bloquée dans un embouteillage dommageable à votre compréhension de l'autre. Mon fils, en l'occurrence.

L'infirmière a déposé la lettre sur ma table de nuit en fin d'après-midi. Je la connais par cœur cette lettre atroce, cette logorrhée odieuse, je connais chaque mot avec une exactitude cruelle. Ma dernière trace de lui.

J'étais donc hospitalisée, une vulgaire chute en sortant de la douche (je n'utilise plus la baignoire, impossible de m'en extraire, Tom non plus, alors nous nous sommes résolus à la douche, très bien la douche, et puis c'est la chute, au moment où on s'y attend le moins, conforté par l'usage de la douche et non plus de la baignoire, mère de tous les risques), une vulgaire chute donc, fracture du col du fémur tout de même, hôpital de Brighton, un mal de chien, Robin est arrivée en moins de deux jours, ma très chère

Katherine a passé le plus clair de son temps à mon chevet, mais Richard : rien, pas un coup de fil, impardonnable, me suis-je dit dans un premier élan de tristesse et de colère, étais-je sur le point de découvrir chez mon fils ce que je voyais à l'œuvre dans d'autres familles ?, Richard était-il de ceux-là, qui mangent dans votre main et s'en détournent avec indifférence sitôt que la peau se flétrit et qu'il faut faire montre de sollicitude, d'attention, bien sûr j'ai vieilli, bien sûr ce n'est pas toujours facile une vieille mère, mais col du fémur tout de même, un aller-retour Londres Brighton, pas grand-chose, quelle tristesse ce silence radio, d'autant que j'avais Katherine à mes côtés, et Robin qui avait posé quelques jours pour venir me voir, mes deux filles avec moi, mais Richard non, quelle tristesse. Et puis : l'infirmière qui dépose la lettre sur ma table de nuit en fin d'après-midi, elle voit mes yeux briller, un étau se desserre, pas celui que m'inflige cet infâme fracture, non, un étau sur le cœur, alors je décide de me réserver la lettre pour plus tard, lorsque les visites seront terminées et le repas peu ragoûtant ingurgité, je voulais savourer la lettre de mon Richard, je me sentais déjà sur la voie du pardon, Richard ne s'était pas déplacé mais j'étais presque disposée à le pardonner puisqu'il m'avait écrit, il avait dû avoir de mes nouvelles par ses sœurs, et à présent cette lettre, j'allais la savourer, une mère est capable d'aller loin dans le pardon et l'oubli, une mère est toujours prête à sauver son enfant et invoquer toutes les circonstances atténuantes du monde pour statuer sur son innocence. Et je songe à l'amoureuse qui attend un signe, qui désespère de ne rien recevoir, alors quand elle le reçoit, ce signe, fût-il invisible à l'œil nu, et décevant, elle s'en repaît, comme d'une anesthésie immédiate et salutaire. La lettre de Richard donc. J'allais la savourer du fond de mon lit d'hôpital.

Tokyo. Tu as bien lu, maman. Tokyo. Dans cinq jours. Gatwick, terminal C, escale à Copenhague. Absurde l'escale à Copenhague.

Sur le coup, je n'ai pas compris. Et personne n'aurait compris à ma place. Brighton, Londres, Tokyo, même à vol d'oiseau, l'imagination d'une mère ne va pas jusque-là.

Tokyo, maman. Hier, j'ai croisé mon reflet dans la glace, j'ai réalisé que j'avais trente ans. J'ai trente ans, une vie affective désolante, inféodé que je suis à tes griffes et à celles de Susan, et c'est tombé comme une évidence, que dis-je, comme un couperet : Tokyo.
Maman, comment as-tu pu laisser faire ça ? Alors voilà, je ne dis rien, jamais, personne ne dit jamais rien dans cette famille, mais pour mes trente ans je dis : Tokyo. Je romps le contrat, je ne respecte pas les trois mois de préavis, je me casse, maman. Rebecca a raison : une lopette.

Mais je ne connais aucune Rebecca, pensai-je aussitôt, trop facile de m'asséner une Rebecca en plein cœur alors que j'avais tout fait pour que les choses se passent bien avec l'autre fadasse de Susan, gratinée celle-là, j'avais déjà suffisamment pris sur moi, gentille Susan, oui gentille, une truffe, j'avais pris sur moi pour renoncer à l'espoir de voir mon fils se marier avec une femme digne de ce nom. Et maintenant Rebecca.

Elle ne l'a jamais dit comme ça, elle n'oserait pas, mais elle le pense très fort : tu as enfanté une lopette. Et je t'interdis de pleurnicher, ne fais pas ta flaque, encore dix ans comme ça et je n'aurais définitivement eu le courage de rien, ni d'aucun destin. Tokyo.

Je ne comprenais rien à cette maudite lettre, je forgeai l'ombre d'un instant l'hypothèse d'un cauchemar ou l'effet pernicieux de la morphine qui m'aurait fait délirer, une mère peut aller loin dans le déni pour différer le moment où il lui faudra prendre acte de la signification des mots, ces mots-là, je ne connais aucune Rebecca, pensai-je, et cette certitude me protégea dans un premier temps, comme l'amoureuse éconduite se drape dans la colère avant de laisser affleurer et déborder le chagrin, le sentiment d'injustice, avant de flancher et vivre comme morte, la colère tient debout pour commencer, la colère tient en vie, alors je me suis dit : je ne connais pas de Rebecca, comme si cela pouvait frapper d'invalidité les horreurs que j'avais sous le nez et légitimer l'hypothèse du délire médicamenteux, je ne connais pas de Rebecca, qui est cette Rebecca, cette Rebecca n'existe pas.

Tokyo, maman. Tu te rappelles le jour de la mort de ton père ?, les signaux qu'il me lançait désespérément – je ne l'ai jamais connu aussi vivace qu'à l'article de la mort, ces œillades terrifiées qu'il me lançait : « Deviens ce que tu es », a-t-il murmuré pompeusement, et tu as poussé un soupir agacé. Que n'ai-je su lire entre les lignes et comprendre la mise en garde que revêtait ce petit axiome. Comme tu ne quittais pas la chambre, il lui avait bien fallu enrober sa leçon de choses avec du Nietzsche, un peu de Nietzsche et tu n'y avais vu goutte : casse-toi, ça voulait dire ! Ne fais pas comme moi ! Le jour de la mort de grand-père, il y avait déjà Tokyo. Le jour de la mort de grand-père, j'ai lu Tokyo dans ses yeux.

Il a écrit ça, mon fils. Et je me demandais qui pouvait bien être cette nuisible Rebecca. Je me demandais aussi comment mon fils pouvait mêler mon père à tout ça.

Tokyo. Et je t'interdis tout chantage. Qu'est-ce que tu as fait pour mériter ça ?, tu ne mérites rien du tout, maman, tu es depuis bien longtemps dans un au-delà du mérite. Rebecca a raison. Tokyo. Et tu n'as pas le choix.

Mon fils.

Je profite de ton séjour à l'hôpital pour prendre la tangente. Et ne dramatise pas ton quotidien : le col du fémur, c'est courant à ton âge. C'est friable, ça casse. Tu t'en relèveras, c'est le cas de le dire. Et non : les infirmières ne sont pas toutes des incapables, comme tu t'en es plainte à Katherine. Elles ramassent ta merde. Je les trouve plutôt braves, moi. C'est vrai que je t'abandonne au moment où tu aurais eu besoin de ton fils... Les années noires commencent, maman. Les infirmières pousseront l'héroïsme jusqu'au bout, mission de service publique oblige. En ce qui me concerne, je rends l'âme. Tokyo. Tchao. Je quémande une once de destin, une miette, les restes, ce qui veut dire approximativement quatre-vingts moins trente, égale cinquante ans sans toi. Il te reste tes filles. Tes chères filles serviables et dévouées. Va donc haranguer de pauvres innocents en leur parlant de ton fils ingrat. Les enfants sont faits pour partir, gémiras-tu, et l'on te plaindra, et tu adoreras puisque la pitié, semble-t-il, ne t'a jamais salie, ta lopette de fils a pitié de toi depuis trente ans mais ça ne t'a jamais inspiré la moindre vapeur. Tokyo. Je prononce ce mot encore une fois dans une impulsion relativement sadique, je te l'accorde. Et ne t'avise pas de me rattraper.

« Que se passe-t-il, miss Taylor ? » m'a demandé l'infirmière avec un calme insupportable, alors j'ai montré ma gorge, c'était pourtant l'évidence même : j'étouffais, j'ai montré ma gorge, ma gorge vissée et incapable de faire circuler le moindre souffle. « Ce doit être l'émotion, miss Taylor », et elle désigna la lettre avec un sourire qui se voulait entendu. Je tentai un non de la tête. « Êtes-vous sujette aux crises d'asthme, miss Taylor ? » et je fis non de la tête à nouveau. « Je m'appelle Maureen, miss Taylor, nous voilà présentées, vous pouvez m'appeler Maureen. » Je lui dardai un œil noir. Que m'importait de connaître son prénom, j'étais en train d'étouffer, je me fous de ton prénom, jeune conne, sauve-moi, assistance respiratoire, tout de suite, je n'ai pas demandé une aide psychologique, je veux respirer, et je pense à ce que dit souvent Tom lorsque je lui fais part des manifestations psychosomatiques qui me gâchent la vie : « Il faut écouter les mots », dit-il ; quand il m'arrive de me plaindre du dos : « Tu en as plein le dos », affirme-t-il, après quoi il ajoute : « Il faut écouter les mots », hé bien voilà j'étouffais, à la lettre et à l'esprit, j'avais la lettre de mon fils en travers de la gorge, alors je dévisageai la jeune conne d'infirmière pour qu'elle me porte secours dans les plus brefs délais. « Calmez-vous, miss Taylor, tout va aller bien, vous êtes en proie à une crise d'angoisse, votre tension a chuté, c'est une crise d'angoisse, vous devez vous désangoisser. » Et elle me prit la main pour la caresser comme l'on flatterait la patte d'un chien épileptique. « Ce n'est qu'une angoisse passagère, répétait-elle. Voulez-vous que je vous lise la lettre, miss Taylor ? », et je secouai comme je pouvais ma pauvre tête pour l'en empêcher, hors de question qu'elle jette ne serait-ce qu'un quart de regard sur cette lettre odieuse qui m'étouffait, le souffle recommençait à circuler dans ma gorge, lentement, comme un hoquet. « Vous voyez, miss Taylor, votre tension remonte, l'angoisse disparaît, tout va aller bien, miss Taylor. » Et les premiers mots que je réussis à prononcer furent « Mon mari », « Mes filles », puis la phrase en entier : « Qu'on fasse venir immédiatement Tom, Robin et Katherine. — Mais vous n'y pensez pas, miss Taylor. Les visites sont terminées. — Qu'on fasse venir immédiatement Tom, Robin et

Katherine! » criai-je, cette fois on peut dire que le souffle était revenu et ce n'est pas une pauvre infirmière qui allait m'empêcher de voir les miens, ceux qui me restaient fidèles du moins, il y avait urgence, si tu savais connasse ce qui est écrit dans cette lettre, *Tokyo maman Tokyo*, cela vaut bien qu'on fasse venir Tom, Robin et Katherine, c'est un cas d'extrême urgence, quasiment une annonce de décès, mon fils vient de mourir à moi, il a décidé de quitter ma vie, il faut écouter les faits, les mots viennent avec, ou l'inverse, peu importe, qu'on aille chercher les miens, par pitié, et je laissai ma tête s'affaisser sur le flanc, comme le moribond rend l'âme dans une pose exagérément abandonnée.

Richard était un garçon rentré. J'en parle au passé, comme si Richard était mort, j'en parle au passé, à dessein : Richard est mort pour moi puisqu'il a décidé de quitter ma vie, il y a des meurtrissures indélébiles. Richard était un garçon rentré et il détestait d'ailleurs que je dise ça de lui, il ne comprenait pas ce que voulait dire le mot « rentré », Richard était un taiseux, ne sachant jamais trop comment manifester ses sentiments, la peur du ridicule ou quoi ?, Richard ne craignait pas le silence, non, il préférait infiniment se taire car manifester un quelconque attachement, ça non, alors il prenait des chemins de traverse, nous ne savions pas grand-chose de lui, mais l'amour d'une mère se satisfait bien du silence d'un fils dans un premier temps (je dis bien : dans un premier temps). J'avais l'impression de le connaître par cœur et il lui arrivait d'ailleurs de marteler avec une énergie infatigable que je ne le connaissais pas, incapable d'exprimer le moindre sentiment, mon fils, mais toujours prêt à me détromper, me contredire, c'était donc un garçon rentré qui avait ses moments de colère, contre moi, exclusivement contre moi, ses sœurs, son père, rien, juste un regard morne à leur adresser, mais moi..., qu'avais-je bien pu faire sinon l'héberger pendant neuf mois et le libérer enfin. À ce sujet il m'a toujours semblé que Richard n'en finissait pas de se libérer de moi, m'ordonner d'accoucher, si l'on veut parler sans énigme ni détours : Richard m'a toujours soupçonnée d'avoir refusé la coupure de ce foutu cordon ombilical, alors que je ne faisais que l'aimer et vouloir son bien, et me vouloir utile dans sa vie, mais il faut croire qu'à un certain moment Richard a jugé que je ne lui étais plus d'aucune utilité dans la vie, encombrante plutôt, et c'est bien la pire chose qu'il m'ait été donné de penser à propos de quelqu'un, il se trouva malencontreusement que ce fut mon fils. Richard refusait toute reconnaissance de dette (et toute manifestation d'amour – manifester son amour revenant à reconnaître que j'avais fait quelque chose pour lui, juste l'élever, excusez du peu, et puis supporter, accueillir, tenter d'aimer sa truffe de Susan, qu'il avait choisie tout seul entre nous soit dit), Richard était un garçon rentré et ingrat qui ne jugea pas utile de me dire qu'il m'aimait, et je repense à l'amoureuse qui attend désespérément un signe de son mufle d'amoureux et, dit-on couramment à propos des femmes, « une preuve d'amour » : on peut dire que je les ai attendues les preuves d'amour, j'ai bien reçu quelques signaux timides et pudiques, à l'occasion de quelque anniversaire, quand c'était de coutume, dirons-nous, quand le protocole familial l'y obligeait, ça ne désarmait pas sa pudeur un anniversaire, Richard l'offrait son petit cadeau pas bien cher, ça oui, sous l'œil impatient de Susan qui, à peine arrivée, ne pensait qu'à repartir, je ne saurai d'ailleurs jamais ce que je lui ai fait à celle-là, il m'est arrivé de me sentir coupable, songeant qu'elle avait dû voir la déception sur mon visage dès notre première rencontre, car j'avais eu l'intuition, dès notre première rencontre, que Susan était une gentille fille mais rien d'autre qu'une gentille fille, et sans doute Susan était-elle bien gentille mais assez finaude pour lire sur mon visage l'amère déception dès notre première rencontre, j'ai pourtant le souvenir d'avoir composé, amplement composé, bienvenue dans la famille, je vous considère comme ma fille, bla bla bla, mais non, Susan m'a toujours détestée, alors il y avait ça, c'est vrai, entre Richard et moi, la question de la bru, mais plus profondément je pense qu'on ne peut supporter sa bru que si l'on supporte son fils et, d'une certaine manière, je ne supportais plus Richard, je veux dire : il y a quelque chose entre nous que je ne supportais plus et qui courait depuis bien longtemps. Si difficile de dire qu'il m'aimait ?, si difficile ?, les preuves d'amour, toujours... Mais les preuves d'amour expirent ! Il ne faut pas prendre les mères pour des connes, ces misérables signaux en forme de cadeau d'anniversaire dont je me contentais sur le moment pour ne pas hurler comme une louve trahie, je m'en contentais sur le moment, certes, j'y trouvais mes preuves d'amour, mais de si minables preuves expirent, trente ans, c'est une date d'expiration correcte, il me semble, les preuves d'amour expirent et il apparaît un trou béant à la place, à la place de quoi : vos espoirs ratatinés, cette attente illusoire, l'amour tout court, mon fils n'était pas mon fils, je m'en aperçois, tout du moins il a désiré, à un moment donné, ne plus être mon fils, ou ne pas devenir mon fils, on formulera ça comme on voudra, le résultat est le même contrairement à ce que dit Tom qui veut toujours tout arranger, Tom qui souffre d'une regrettable faiblesse de jugement, Tom n'a pas besoin de preuves d'amour, il fait comme s'il avait tout, il se contente de supputer, Tom suppute beaucoup et s'arrange de ses échafaudages d'erreurs grossières, concernant Richard, entre autres choses, mais ce n'est qu'un exemple, Tom suppute que je ne remarque pas certains soirs le parfum vulgaire et capiteux des gonzesses qu'il a retournées, mais ce n'est qu'un exemple, la vie est simple pour Tom, Tom décide et le réel obtempère, le réel lui paraît toujours obtempérer alors que le réel ne me trompe pas, le réel est un parfum écœurant qui ne dissimule qu'à peine cette vieille et tenace odeur de foutre mais peu importe, c'est mon choix, je n'ai pas manqué d'aller voir ailleurs, ça non, mon affection pour Tom (celle qui m'a conduite à choisir de finir ma vie avec lui) ne m'a jamais inspiré le moindre scrupule, c'est lui qui m'a montré la voie, le coup des quatre fers en l'air, on peut dire que je l'ai pratiqué, et sans acrimonie ni scrupule, enfin, chacun ses arrangements, je parlais de Richard, ou plutôt : de Tom qui n'a jamais voulu reconnaître qu'il y avait un problème avec ce fils, ce fils rentré. « Mais que veux-tu dire par là ? » répète-t-il souvent et on croirait entendre son fils, « rentré », c'est pourtant clair, une couleuvre, un regard torve et fuyant, un regard dont on se dit qu'il dissimule à ce point l'essentiel qu'il est capable de tout, un jour ou l'autre, *Tokyo maman Tokyo.* Une meurtrissure. Indélébile.

« Maureen : faites-moi venir immédiatement Tom, Robin et Katherine. » Et c'est ce qu'elle a fait, elle n'avait pas le choix. Comme par hasard, Susan a réussi à me joindre avant même l'arrivée des miens, et je pleurais cependant que je lui lisais quelques lignes gratinées. Stupeur à l'autre bout du fil, Susan ne comprenait pas manifestement, l'information ne passait pas, cela arrive souvent, j'insiste : une information cruciale reste bloquée dans un embouteillage dommageable à votre compréhension de l'autre, et j'aurais volontiers pris cette simplette dans mes bras si je l'avais eue en face de moi, mais je ne l'avais pas en face de moi et ma fracture m'interdisait de toute façon le moindre mouvement, quoi qu'il en soit le sort nous avait jetées du même côté de la barrière subitement, alors oui : je ne pouvais que me sentir proche de son désarroi, de son incrédulité effarée, la pauvre fille ne comprenait rien, c'est alors que Tom, Robin et Katherine sont arrivés, l'infirmière affichait une mine contrariée, comme ayant dû céder au caprice d'une vieille folle, je tendis la lettre aux miens qui se réunirent au-dessus et découvrirent à leur tour, et non sans horreur, les mots qui m'étaient adressés, et ce fut la même stupeur, comme de se laisser surprendre par une explosion de lave à un endroit où on ignorait qu'il y eût un volcan.

Tokyo. Tu as bien lu, maman. Tokyo. Dans cinq jours. Gatwick, terminal C, escale à Copenhague. Absurde l'escale à Copenhague.

Et ce fut tout.
Ce fut la fin.

Les bons soins de Vanessa Thompson

J'aime tous mes enfants. Pas un dont on puisse dire qu'il a été lésé. Pas un que je n'accompagne sur ce trajet cruellement émaillé de fausses promesses et de vraies déceptions que l'on nomme l'existence. Tous mes enfants. C'est pourquoi je n'ai pas le temps de me sentir seule. Et, évoquant mes enfants, je repense à cet abruti venu enquêter il y a quelques jours sur la misère existentielle qu'il espérait trouver au Madame Jojo's. L'affaire nous fut présentée comme une enquête sociologique ayant trait à « la vie en couple dans la société contemporaine », laquelle donnerait lieu à une parution chez un éditeur des plus recommandables. *Quid* de « la vie en couple dans la société contemporaine », grave question, s'il en est. Je repense donc à cet abruti venu nous interviewer au Madame Jojo's, armé de sa largesse d'esprit (qui équivalait à la circonférence du trou de mon bidet), il faut de tout pour faire un monde, s'était sans doute dit l'intéressé, alors allons voir ce qui se trame chez les travelos, la vie en couple chez les travelos, et le voilà en train de nous graisser la patte et solliciter un peu de misère, parce qu'il fallait bien que nous menions toutes une vie misérable et glauque. Je commençai donc par le décevoir en lui annonçant qu'il n'avait pas affaire à un travelo, comme l'on dit communément, mais à une femme, j'ai payé suffisamment cher pour qu'on m'accorde cette petite faveur, puis je lui parlai de mes enfants, je m'attardai un long moment sur mes enfants tandis que je voyais ses sourcils former une barre d'incompréhension assez symptomatique de l'expert dépassé par son sujet, il lui fallut manifestement un bon quart d'heure avant de comprendre que je parlais en fait des clients du Madame Jojo's, une fois la chose entendue, il eut à entendre cette autre chose, fort peu vraisemblable à son oreille sans doute : non, ma vie n'était pas si misérable que ça, mes enfants étaient là auprès de moi, je les aimais tous, ils me le rendaient au centuple (il s'agit là d'une légère exagération, j'en conviens, mais le bonhomme m'avait chauffée et donné envie d'en rajouter un peu), alors non, je n'avais pas le temps de me sentir seule et à la question : « Vivez-vous seule ? » (l'accord au féminin ne s'entend pas à l'oreille mais, tout invisible qu'elle soit, je n'eus besoin d'aucune preuve écrite pour savoir qu'elle manquait dans la bouche de l'abruti), à la question : « Vivez-vous seule ? », je répondis : « Oui », ajoutant : « Mais, voyez-vous, mon petit bonhomme, je n'ai pas le temps de me sentir seule, contrairement à ce que vous avez l'air d'imaginer, parce que j'aime mes enfants et que c'est un travail à plein temps. » Je doute que mon cas figurera dans la sacro-sainte somme dudit enquêteur lors de sa parution mais je m'en bats les couilles, si vous voulez bien me prêter les vôtres, étant entendu que j'ai payé suffisamment cher pour qu'on me débarrasse des miennes.

Évidemment j'ai tout raconté à Rebecca. Elle est tombée de haut, la pauvre. Comment aurait-elle pu se douter ? Elle ne sort jamais au Madame Jojo's...

« Viens à la maison », ai-je immédiatement proposé à Richard lorsque j'ai vu sa tête ce soir-là. Mais il y avait encore beaucoup de résistance chez lui. Et d'égarement aussi. Totalement perdu, le pauvret. Je n'avais jamais vu à Richard ces yeux-là. Alors j'ai insisté : « Tu ne vas pas errer toute la nuit dans Soho. » Il a haussé les épaules. Le Madame Jojo's allait fermer. Il a commandé un dernier gin tonic, comme pour se donner le temps de réfléchir. Il s'est tourné une fois encore vers l'entrée, sans doute dans l'espoir de voir William apparaître. « Tu es vraiment sûr de toi ? » Il a fait oui de la tête. « Et tes affaires ? Tu vas bien devoir y retourner pour prendre des affaires. » Non, il achèterait quelques fringues au matin mais pas question de retourner chez Susan. « Alors viens à la maison, lui ai-je dit. Au moins pour cette nuit. Et plus si nécessaire. Le temps de voir venir. » Et comme il ne répliquait pas : « Tu n'as pas le choix. Tu ne vas pas errer toute la nuit, crécher dans un hôtel minable avant d'aller au boulot. — Je ne retournerai pas au boulot, Vanessa. » Et je l'ai fait répéter, le volume sonore du Madame Jojo's m'ayant fait croire un instant que j'avais mal entendu. « Je ne retournerai pas au boulot. — Mais tu ne peux pas tout larguer d'un coup ! — Si, je peux tout larguer d'un coup et c'est ce que je vais faire. Susan et le boulot. — Tu vas venir à la maison, mon pauvre ange. Je ne t'ai jamais vu dans un état pareil. » Il a alors baissé les yeux, comme un enfant blessé ou coupable de je ne sais quelle faute innommable.

C'est William qui nous l'a ramené la première fois. William ou l'art et la manière de s'enferrer dans des plans impossibles... William est le roi de l'impasse. Il a manifestement un problème avec l'engagement. C'est ce que je lui dis souvent. Il balaie mes grandes vérités d'un geste agacé. Mais une chose est sûre : William a un sérieux problème avec l'engagement. Pour preuve : les mecs qu'il nous ramène sont invariablement mariés ou refoulés. « Tu vas finir par y laisser des plumes », dis-je souvent à William. Je me dis parfois que William aime souffrir. Ou qu'il craint de s'engager. L'un ou l'autre. Peut-être les deux à la fois. En attendant, il souffre et s'entiche tous les six mois d'un nouvel apollon qu'il ne mettra jamais dans son lit. « Je ne supporte pas les folles, se défend-il le plus souvent. Et j'ai bien assez de vous toutes. » Il n'y a rien qui m'horripile plus que de me faire traiter de folle. J'ai suffisamment investi, putain. Je le serinerai autant de fois que nécessaire.

William et la souffrance, donc. Quand je l'ai vu avec Richard le premier soir : aucune surprise. Encore un garçon marié, tout à fait hors de portée, suffisamment en tout cas pour que William s'amourache. Parce que j'oublie de préciser que William s'amourache vraiment. Quand je dis qu'il souffre, c'est parce qu'il est atrocement sentimental. Toujours prêt à espérer quelque mélo pur jus. Toujours surpris par la déconfiture. Et toujours prêt à prendre le temps qu'il faut pour se relever et remettre ça. Le tout prenant des années. William a dilapidé beaucoup trop d'années en pure perte. Mais William n'en fait qu'à sa tête, William n'en fait qu'à son cœur, devrais-je dire. J'ai donc accueilli le nouveau comme j'avais accueilli les autres. J'ai sorti l'artillerie lourde et tout le folklore. Richard a fait des yeux ronds, pas très à l'aise, le pauvret. Et c'était parti : William, grand frère, allait s'attacher à tenter de déniaiser le bel innocent, en vain. Et y laisser des plumes. Sinon la carcasse tout entière.

En fin de compte, le bel innocent n'a pas eu l'air de se trouver mal au Madame Jojo's. On était toutes là à l'entourer comme des paons en rut (je ne sais pas à quoi ressemble un paon en rut mais l'image me tente assez). « Tu l'as trouvé où celui-là encore ? » William l'avait donc déniché à la BBC. Collègue de Rebecca. Richard était marié, bientôt père. « Tu vas dans le mur, William. C'est le ravin qui te tend les bras. J'espère que tu en es conscient. » Petit air penaud. Amouraché. C'était trop tard. Le plan impossible, promesse de déchirements dignes d'un grand Bergman, William s'était jeté dessus sans tirer enseignement de ses embardées précédentes. Et une fois la machine lancée, inutile d'essayer de l'arrêter en chemin.

J'aime tous mes enfants mais j'aimerais parfois qu'ils tirent la leçon. Tel William. William qui venait de convoquer sa sempiternelle tragédie sentimentale avec, dans les yeux, cette candeur crétine qui m'évoque le regard des poissons rouges (qu'il importe peu de plaindre, eux et leur marche forcée au fond des aquariums, étant entendu que leur mémoire ne survit pas à deux tours de piste).

Remarquez que cette fois j'ai bien failli me faire avoir. Richard a commencé à venir fréquemment au Madame Jojo's et il se trouvait très bien parmi nous. Alors je me suis dit : sait-on jamais... Mais on ne devrait jamais se dire : sait-on jamais.

Les mères n'ont pas la science infuse et je me suis surprise, je l'avoue, à croire vaguement à la possibilité d'un truc moi aussi, une liaison, quelque chose comme ça, je cessai donc de rudoyer William, me contentant de prier pour qu'un miracle advienne, William l'avait bien mérité depuis le temps.

Et il fallait les voir tous les deux, ils étaient assez mignons, on aurait pu les prendre pour deux frères. Richard cherchait chaque soir des prétextes pour fuir le giron familial et c'était chaque soir un arrachement pour lui de quitter le Madame Jojo's et rentrer s'étendre à côté de sa tendre épouse. De son côté, William s'accrochait, il n'en laissait trop rien paraître mais s'accrochait quand même. « Quelle que soit l'issue du combat, tu en ressortiras grandi », lui promettais-je. Et effectivement, j'avais raison, si l'on considère que l'on peut sortir d'un combat à la fois grandi et ratatiné.

Car voilà. Sitôt l'enfant né, Richard a commencé à se faire rare. William seul. Seul comme un chien. Il leur arrivait de se croiser à la BBC mais quelque chose avait changé. Je ne manquai pas de soutenir la pauvre bête dans cette épreuve (je parle rarement de mes enfants de la sorte mais il faut avouer que l'invraisemblable Mr William affichait à présent un regard qui ne s'apparentait plus à la vacuité du poisson rouge mais bien plutôt à la rétine meurtrie du chien battu) : « L'enfant, tu crois ? Richard enchaîné à sa progéniture ? » Et William de sécher les larmes qui perlaient sur sa joue esseulée : « Si seulement... Mais il ne s'agit pas de l'enfant. Richard est amoureux. — Comment ça, amoureux ? — Sa voisine. Il se passe quelque chose avec sa voisine. Il me l'a avoué l'autre jour. Une certaine Jennifer. Il ne me l'a pas dit comme ça mais je sens bien qu'il se passe quelque chose. — Mais on ne tombe pas amoureux de sa voisine ! C'est grotesque ! — Un béguin. Appelle ça comme tu veux. » Ça sentait l'échec cuisant pour William, qui s'en étonnera ? Une inconnue s'était amourachée de Richard qui lui-même en pinçait fort pour elle et point du tout pour William comme ce crétin magnifique avait pu l'espérer. « Pauvre Cyrano », eus-je l'idée saugrenue de lâcher, et William m'adressa un regard d'incompréhension (William n'a jamais ouvert un livre de sa vie, j'adore mes enfants, tous sans exception, j'adore William mais il faut avouer que William est d'une inculture crasse), je lui contai donc l'histoire pathétique de Cyrano, sa grandeur d'âme et son abnégation. William ne manqua pas de faire remarquer d'un air buté et malheureux qu'il n'était pas un héros et qu'il ne ferait rien pour favoriser l'idylle de Richard et de sa voisine comme cet abruti de Cyrano l'avait fait, son amour n'irait pas jusque-là, il n'attendrait pas non plus toute une vie de souffrance et de vain combat pour se prendre les pieds dans le tapis et, à l'article de la mort, avouer son amour à

Roxane. « Tu suggères quoi ? La Tamise ? » William n'avait rien à suggérer, sinon la tristesse, de longs mois avant de réussir à désaimer Richard, l'horreur prochaine de voir Richard et la voisine accomplir leur destin commun, la Tamise à petit feu, sans espoir de retournement romanesque, pauvre Cyrano.

On n'a plus entendu parler de Richard pendant plusieurs semaines. Et William n'en est pas ressorti grandi. Ratatiné, disais-je. Circonspect. Malheureux comme les pierres. Et assez ennuyeux, il faut bien le dire.

Jusqu'à ce fameux soir où Richard m'est arrivé laminé au Madame Jojo's. Il a demandé si William était là. Il l'a attendu toute la soirée. Ce soir-là, William n'est pas venu (j'ignore ce qui eût été préférable). Richard a bu tout ce qu'il a pu, il s'est chargé comme jamais, et il m'a tout déballé – il avait quitté Susan, envoyé une lettre d'insultes à sa mère, projeté un départ pour Tokyo, n'importe quoi en somme, Richard était totalement perdu et, n'eût été la profonde amitié que j'avais maintenant pour lui, je lui aurais bien envoyé un coup de pied au cul en lui rappelant qu'il avait trente ans et qu'il était en âge de prendre ses responsabilités, j'entends : faire le ménage dans sa vie sans vider ses ordures chez les autres et briser tous les cœurs au passage. Et c'est ce que j'ai dit, en substance, une substance plus poliment amenée, j'ai éloigné les trois folles venues saluer son retour avec des cris hystériques et je l'ai pris entre quat'z-yeux. Je devais arborer un air revêche de juge d'instruction, ce qui, dans ma palette, n'est pas exactement celui que je préfère, mais il faut savoir rudoyer les enfants lorsqu'ils le méritent et nous infligent pareils marivaudages de bas étages. Richard s'est magistralement effondré en larmes. J'ai poussé un profond soupir (ce qui ne sert à rien au Madame Jojo's, le volume sonore obligeant à hurler, ce n'est donc pas un soupir inaudible qui allait étayer mon argumentation). Totalement perdu, Richard. « Viens à la maison. Je ne t'ai jamais vu dans un état pareil, mon pauvre ange. » C'est alors qu'il s'est mis à dire des choses incroyables, je veux dire, des choses débiles comme : « Je ne peux plus mettre les pieds sur un pont. » Ou encore : « Je rachète tous les jours un nouveau déodorant. Je n'en tiens plus aucun. Je pue. Et les antitranspirants me font des kystes. » Et puis, ça aussi : « Je ne veux plus qu'on me parle comme ça. — Comment, Richard ? — Comme ça ! » s'est-il écrié avec un mouvement de la mâchoire qui faisait penser à une tentative de prise de parole par moins cinquante degrés. « Qu'est-ce que tu racontes, mon pauvre ange ? » Il a essayé de se lever. Très mauvaise idée. Je lui ai ordonné de se rasseoir. « Je ne veux plus qu'on me parle comme ça ! — Tu m'attends là, Richard, je vais chercher mes affaires et on file. » J'ai rassemblé mes fringues et mon sac fissa. Andrew a allumé le grand plafonnier, j'ai pris Richard par le bras, il s'est écarté avec mauvaise humeur et nous avons gagné la rue.

« Tu vas venir dormir à la maison. » Il a fait non de la tête. « Bien sûr que si, je ne te laisse pas prendre un taxi dans cet état, ni même errer dans Soho jusqu'à demain matin. — Tu veux m'enfermer ! » Voilà tout ce qu'il trouva à dire. Je ralentis mon pas, passablement vexée, blessée, je crois. Je ne veux pas t'enfermer, connard, je veux te sauver la vie. Je gardai ça pour moi et continuai à trotter derrière lui, ce qui m'était pénible avec les talons. C'est alors que je le vis partir comme un dératé, traverser la rue telle une moto penchée dans un virage, éviter de justesse une voiture et foncer dans le noir. Je retirai mes escarpins et me mis à courir à mon tour en beuglant. « Laisse-moi ! » fut la seule parole audible que je perçus, à quoi je répondis en hurlant : « Je te déteste ! Ce soir, demain et tous les jours de l'année ! Je te déteste ! » Mais il avait disparu.

Je pleurnichais comme une pauvre gourde et décidai d'appeler William qui était en train de se bourrer la gueule avec Sarah. Je lui narrai la soirée par le menu, m'excusant toutes les trente secondes, car ce n'est certainement pas à lui que j'aurais dû raconter ça, mais après tout je le savais en compagnie de Sarah, rien de grave ne pouvait lui arriver, il s'épancherait deux heures de plus après mon coup de fil, Sarah ne manquerait pas de venir le lendemain soir me maudire au Madame Jojo's, il n'y aurait pas mort d'homme. « Je suis très inquiète, dis-je à William. Il peut lui arriver n'importe quoi, il court dans les rues comme un lapin traqué, il prétend que j'ai voulu l'enfermer, je suis très inquiète, il va se faire défoncer la tête ou renverser par une voiture. » Sur le coup, William se montra raisonnable et adulte, il allait appeler la police, je pouvais rentrer chez moi, cela ne servait à rien de courir les rues, surtout moi, on ne sait jamais quel fantasme bizarre inspire une femme comme moi, aucune envie de me faire tabasser, j'avais assez donné, mon Dieu, alors je rentrai, la mort dans l'âme, je me sentais bien seule, avec un sale sentiment d'échec, et une amère blessure, il n'est rien ni personne qui puisse me mettre en échec que mes enfants, et c'était le cas, et c'est toujours le cas puisqu'à ce jour Richard n'est toujours pas réapparu.

Un de moins, et quand on perd un enfant c'est comme si on n'en avait jamais eu qu'un, comme s'il avait été le seul, le reste de la tribu demeure à jamais marqué par l'absence de celui-là, alors quand je repense à la question crétine de notre Sisyphe national : « La vie en couple dans la société contemporaine »... Je m'en bats les couilles, pauvre con, si vous saviez comme je me fous du monde dans lequel je vis, et comment on vit, et si l'Angleterre va mal, faites vos révolutions sans moi, j'ai perdu un enfant, connard. J'ai fait bonne figure devant ce décérébré qui n'attendait qu'un faux pas de ma part, j'ai parlé de mes enfants, de cette vie pleine de mes enfants, mais je n'ai pas parlé de Richard, on ne brade pas ça, je n'allais pas lui donner ça, l'os tant attendu, et quand il revint à la charge une énième fois : « Mais que pensez-vous du couple chez les... homosexuels. — Je ne suis pas homosexuelle. — Je veux dire chez les... » Je citai alors cette phrase de Sarah : « Tu t'es déjà dit que tu ne cherches pas au bon endroit ? » Le veau m'adressa un regard plus égaré que jamais. Ce qui eut pour simple effet de me donner une putain d'envie de chialer. Je congédiai alors le fouille-merde et j'allai aux toilettes me remaquiller. Qui sait, ce soir ou un soir prochain, un miracle me rendrait-il mon enfant et j'étais bien décidée à lui faire honneur.

L'amour de Sarah Kane

Rien ne vaudra jamais Old Trafford. Aucun théâtre. Et rien ne vaudra jamais David Beckham.

Je n'ai plus eu aucun scrupule à sortir d'une salle de théâtre avant la fin. En revanche, je n'ai jamais quitté un match de football. Un miracle est toujours possible. Je doute qu'il en soit de même pour le théâtre. Quant à la vie ?

Ce matin, j'ai cru que c'était elle, j'ai pensé l'avoir enfin rencontrée, cette fille que j'attends, cette fille que j'aime et qui se fait attendre, c'était elle, qui allait me rendre à la vie et me délivrer de la grande nuit, j'ai toujours pensé qu'on n'étreint la vie qu'au moment de mourir et j'ai cru mourir ce matin lorsque je l'ai vue, j'y croyais, j'ai l'espoir et le désir tenaces en dépit de tout ce que j'écris, alors j'ai cru que c'était elle, bien sûr une peur têtue me mordait au mollet, car il se pouvait très bien qu'elle descende de la rame au prochain arrêt et disparaisse dans la foule de mes faux frères travailleurs, et moi je continuerais jusqu'à Brixton, toute seule, comme une chienne, de nouveau seule dans la grande nuit dont l'éternité sera toujours plus longue que le plus long des tunnels de cet atroce métro, qu'il crame ce putain de métro, c'est tout ce que je nous souhaite parfois, mais pas avant qu'elle ne soit descendue de la rame, huit heures du matin, c'est à huit heures, en sortant de chez William, que je suis arrivée sur le quai du métro, je ne l'ai pas vue tout de suite, j'avais la bouche encore pâteuse et crasse, puante de ma nuit sans sommeil passée à rédiger la présentation biographique de Marie Kelvedon puis à consoler William, tout le gin de William ingurgité au goulot, je me rappelle avoir passé une bonne dizaine de fois *You get what you give* et avoir dit à William que je ne savais plus très bien si je croyais à ce que chantaient ces grands naïfs : « On ne reçoit rien, William, rien, tu donnes, et tu ne reçois rien, tu donnes au désert qui t'engouffre », mais William qui n'a pas vraiment envie d'entendre ça en ce moment, William dont le désir se voit ces temps-ci tout aussi rudoyé que le mien, William m'a dit que je lui cassais les couilles avec ce morceau, j'ai rétorqué que je comptais sur lui pour foutre ça à mon enterrement : « Le jour où je me serais vraiment balancée, vous ferez péter les New Radicals, qu'on sache au moins que j'y ai cru, j'ai essayé », William a menacé de faire part de mes nobles projets de vie à Mel, mon agent, et puis il a balayé mes conneries d'un geste consterné, alors j'ai dit : « Je rentre, il n'y a décidément que David Beckham qui soit capable d'un vrai miracle dans ce foutu monde », et je l'ai laissé comater, je voulais dormir, trouver la force de dormir, une heure ou deux au moins, et puis l'angoisse me réveillerait en sursaut, je relirais ces phrases que j'ai consignées depuis la fin de mon travail sur *Crave*, je me plongerais dans ces bouts de voix, tête baissée, tout pour oublier que dans trois semaines on lira *Crave* à la Paines Plough, ne pas songer aux huées qui vont recommencer, le tonnerre d'incompréhension, et là j'arrive sur le quai ; je ne l'ai pas vue tout de suite, puis je l'ai vue, il y a eu un temps d'arrêt, je veux dire, un temps d'indécision ou de reconnaissance, jusqu'à ce que je me dise : cette fois c'est elle, elle partait au boulot vraisemblablement, une fille comme tout le monde, avec un vrai boulot, mais peu m'importe, je suis prête à aimer une fille comme tout le monde, avec un vrai boulot, du moment que cesse la grande nuit et que je la rencontre enfin, cette fille que j'aime, que j'ai attendue, qui s'est fait attendre, il y a eu un moment suspendu, je l'ai observée, avec insistance, et sans tarder le désir – qui ne lâche pas, ne croyez pas ça, il ne lâche pas en dépit de tout ce que j'écris – le désir m'a terrassée, et je devais avoir ce regard impérieux, je me déteste avec ce regard, un regard qui prend possession, parce qu'il en crève, parce que j'en crève, ce regard qui doit passer pour un étranglement mais qui n'est qu'une déclaration d'amour, si c'est elle, me suis-je dit, il faut bien qu'elle le comprenne dans les plus brefs délais, qu'elle se hâte de me reconnaître comme je l'ai reconnue, mais à vrai dire elle ne l'aura pas perçu immédiatement ce regard que je me déteste et que mon désir darde avant même que je ne puisse civiliser quoi que ce soit en lui, elle ne l'aura pas perçu puisqu'elle était de dos, légèrement penchée vers le tunnel à guetter l'arrivée du métro, elle portait un long manteau écru un peu miteux, truc à la mode, on devinait sous le tissu cintré des hanches et un cul rebondis sans qu'on puisse les estimer exagérément larges, elle avait attaché ses cheveux bruns mi-longs avec un simple élastique, certaines mèches anarchiques trahissaient la précipitation du réveil, elle faisait partie de mes faux frères travailleurs, contraints d'écourter leur nuit toujours trop tôt pour aller bosser, exercer leur vrai métier, mais je n'ai rien contre aimer une fille comme tout le monde avec un vrai métier, elle partait au boulot, trop tôt à son goût, pas apprêtée, en retard sans doute, elle avait muselé ses cheveux avec un simple élastique, avalé son petit déjeuner debout, enfilé le manteau écru et filé sans autre égard parce qu'elle était déjà en retard et pas très bien réveillée, ça j'en eus la confirmation quand je pus apercevoir son profil, puis son visage tout entier, elle avait de grands yeux noirs, et des cernes, un putain de regard sous ses cheveux disciplinés à la va-vite, des lèvres un peu boudeuses mais dont on pouvait imaginer qu'elles étaient capables d'un sourire inopiné, c'est moi qui imaginais ça bien sûr, qu'elle pourrait me sourire, une fois que nous nous serions toutes deux reconnues, au lieu de quoi elle m'a jeté un regard vague, que j'imaginais agacé, alors j'ai baissé la tête, j'avais honte, cette putain de honte qui ne me lâche pas, honte non pas de l'avoir regardée et de lui avoir dit d'un seul regard que je l'aimais, mais honte parce que je me sentais sale, crasse de toute cette nuit, le gin de William ingurgité au goulot, crasse de la grande nuit où je croupis depuis combien de milliers de mois, je me suis sentie découragée d'être si peu aimable, parce que forcément on ne se rend jamais aimable à force de croupir dans la grande nuit, on est juste seule et sale comme les chiens, comme les rats, j'aurais dû rester à Maudsley, voilà ce que je me dis parfois, pauvre folle, va mourir à Maudsley, et ça m'a fait presque sourire de me sentir aussi peu digne d'être aimée, j'ai lancé un regard en coin dans sa direction, elle déambulait sur le quai, me tournant le dos puis revenant à ma hauteur, elle avait remarqué évidemment que je l'observais de biais et elle m'a jaugée négligemment, mon regard l'avait peut-être agressée, alors j'ai baissé la tête de nouveau, je ne voulais pas l'agresser, non, surtout pas, et je ne voulais pas qu'elle s'aperçoive que je croupis dans la grande nuit depuis combien de milliers de mois, je me suis dit que je ne la regarderais plus, pas avant que le métro n'arrive en tout cas et je la laisserais aller mais – le désir ne lâche jamais, comment comprendre que ce putain de désir ne lâche jamais, le jour où il aura lâché, *je me pendrai au son du souffle de mon amour* – je me suis surprise à espérer, espérer quoi ?, je trouvais cet espoir ridicule, quoique indélogeable, alors je me suis forcée à penser à autre chose, le temps que le métro arrive et qu'elle disparaisse à jamais dans la foule de mes faux frères travailleurs, le gin de William m'envoyait des relents misérables, j'ai pensé à la lecture de *Crave* dans trois semaines, j'ai sorti le papier de ma poche (lire quelque chose, anéantir ce putain de regard, ce putain de désir dans la lecture de quelque chose), j'ai sorti de ma poche le papier où j'avais griffonné pendant la nuit la note biographique pour la lecture de *Crave*, Madame, Monsieur, puisque vous conchiez Sarah Kane, je vous balance Marie Kelvedon, auteur de la pièce *Crave*,

Marie Kelvedon a grandi en Allemagne dans un logement de fonction de l'armée britannique pour revenir à seize ans achever ses études en Grande-Bretagne. Elle a été renvoyée du St Hilda's College d'Oxford avant la fin de sa première année à cause d'un acte d'un dadaïsme innommable commis dans le réfectoire de l'université. Elle est l'auteur de contes publiés dans diverses revues littéraires en Europe et son recueil de poésie Onzuiver *est publié en Belgique et en Hollande. En 1996, elle a fait ses débuts dans le Off d'Édimbourg avec un happening improvisé pour un seul spectateur à travers un monte-plat. Après être sortie d'Holloway, elle a travaillé comme chauffeur de taxi non agréé, régisseur pour The Manic Street Preachers et présentatrice des programmes sur le BBC Radio World Service. Elle vit actuellement dans le comté de Cambridge, avec son chat Grotowski.*

prenez ça, enfoirés, Kane est morte et enterrée, que vous inspirera Kelvedon ?, si seulement vous aviez compris que mes pièces ne parlent pas de haine ni de violence mais d'amour, il faudrait que je vous traîne, fils de pute, sur ce quai de métro et que vous la voyiez, elle que je tente de ne pas regarder, fixant mon bout de papier minable et la biographie de ma nouvelle identité, il faudrait que vous la voyiez pour comprendre que je n'ai jamais fait que parler d'amour, là où vous ne trouvez que de la haine, l'amour c'est ça que vous appelez « plonger la tête dans un seau plein d'abats » ?, et j'ai relu une deuxième fois ma note biographique, je me suis dit que j'allais appeler Harold, lui seul sait me relever, j'avais envie de lui parler à lui, lui dire que j'étais pour la millième fois coincée sur un quai de métro avec l'amour de ma vie à un mètre de moi, laquelle allait m'échapper sous peu, comme chaque fois, *you get what you give*, non, ça ne marche pas, on ne reçoit rien, Harold, tu donnes et tu ne reçois rien, tu donnes au désert qui t'engouffre, voilà ce que je lui aurais dit, que j'ai déjà dit à William, qui n'a pas voulu entendre parce qu'il ne veut pas se résoudre à renoncer à Richard, il faut que je me sauve, mais où ?, mon désir ne lâche pas, et qu'arrivera-t-il le jour où il aura lâché ?, je me serais vraiment balancée ?, ou l'aurais-je rencontrée, celle-là que j'attends, que j'aime et qui ne vient pas ?, j'avais envie de parler à Harold et qu'il me dise avec son sourire timide et tendre que « mes foutues antennes sont trop sensibles, sensibles à tout, y compris à l'amour », j'avais envie de lui parler de ces phrases que j'ai en tête depuis que j'ai fini de travailler sur *Crave*, ces phrases sorties de je ne sais quelle voix en moi, deviner sa grimace inquiète et néanmoins aimante, sa grimace sœur, il y a des choses que Harold ne supporte pas dans mon écriture mais il m'aime, il me suit, j'ai eu envie de l'entendre me dire que je vais encore m'attirer les foudres de la critique et du public mais qu'importe, je fais ce que j'ai à faire, j'écris ce que j'ai à écrire, comme un baume un peu découragé Harold me répèterait qu'il y a des choses qu'on ne pardonne pas à une femme, il y a des mots qu'on ne pardonne pas quand c'est une femme qui les prononce, je lui annoncerai que j'ai pris un pseudonyme pour la lecture de

Crave, ils ne veulent plus de Sarah Kane, par trop complaisante, abjecte, alors ce sera Marie Kelvedon et je serai dans la salle à Paines Plough dans trois semaines pendant la lecture, alors je verrai bien ce qu'ils pensent de Marie Kelvedon, je verrai bien si c'est vraiment sans issue, irrecevable, si je suis irrecevable, j'attends de voir ce qu'ils penseront de *Crave*, mais si les choses tournent mal de nouveau, je retourne me terrer à Maudsley, je les implorerai d'accepter mon admission et je me terrerai à Maudsley, et le métro est arrivé, je crois que je ne m'étais jamais sentie aussi triste, je me suis levée, j'ai hissé ma crasse et mon haleine fétide, je l'ai vue hésiter entre deux wagons, j'ai décidé que je choisirais le wagon qu'elle n'aurait pas choisi, elle n'a pas prêté attention à ma présence dans son dos, elle était en retard cette fille comme tout le monde, en retard pour se rendre à son boulot, elle cherchait le bon wagon, celui où elle pourrait trouver une place assise, elle a hésité entre deux, j'ai décidé que je monterais dans celui où elle ne serait pas, elle a avisé les voyageurs qui débarquaient des deux wagons qu'elle avait mis en balance, elle a choisi le wagon de gauche dans lequel on pouvait, à vue de nez, facilement trouver une place assise, j'ai donc décidé de monter dans l'autre.

Elle s'est engouffrée dans le wagon de gauche, je l'ai suivie et je me suis assise en face d'elle.

« Es-tu sûr au moins d'être amoureux de Richard ? » avais-je demandé une dernière fois à William avant de le quitter, sur le seuil de la porte, après qu'il eut geint trois heures d'affilée et narré par le menu la chronique de son amour impossible, et j'avais cité cette phrase de Barker : *Je serais prêt à traverser des kilomètres de verre pilé à plat ventre juste pour pisser un coup dans l'eau de son bain.* « Alors seulement on sait qu'on aime », avais-je ajouté, car je connais bien William et ses emportements, il en revient toujours, je n'ai jamais bien compris cette aptitude chanceuse, ce talent inné qu'a William pour se relever du pire, si seulement j'avais ce don, mais il se peut que je n'aie que l'écriture, et encore, si j'en crois mes juges, ces fils de pute qui ont dit et écrit toutes ces atrocités, ceux-là qui m'ont plongée dans la grande nuit, William, lui, se relève toujours, il prétend que j'ai de fausses valeurs, il réfute mon inclination naturelle à mettre la vérité au-dessus de tout, il me dit souvent que je ne sais pas faire autre chose que voir et dire la vérité, ce qui n'est pas recevable, on croirait entendre Harold, William, je le sais à présent, s'arrange avec la vérité, il invente tout et tout le monde et fait en sorte que tout et tout le monde répondent à son désir, jusqu'à s'écrouler lorsque l'invention n'est plus viable et se relever au terme de longues semaines de souffrance, mais se relever quand même, ainsi a-t-il sans doute inventé Richard, comme il a inventé tous les autres, William a la vie pleine de ses inventions qui le brisent mais William a ça pour lui : la vie pleine, moi ce n'est que vide, attente prolongée jusqu'au bout de la patience, et je ne sais vraiment pas ce qu'il y a au bout de la patience, il y a que je me balancerai probablement, à force d'avoir tant attendu, j'envie à William ses fictions qui le meurtrissent mais lui font la vie pleine, et la vie sauve très certainement, si je savais mentir et inventer quoi que ce soit, je serais moins malheureuse, si je savais baisser le son de ce transistor infernal qui ne fait que m'adresser des larsens impitoyables, mais je ne sais pas, j'arrive tant bien que mal à supporter le monde mais je suis malade, je ne peux supporter le monde sans être malade, je me tiens en vie mais je ne peux qu'en être malade, comment peut-on se tenir debout sans être malade mental (si tant est qu'on regarde vraiment les choses en face, telles qu'elles sont et s'incarnent en nous et autour de nous ?), la vie est un viol, ce viol c'est la vérité, c'est ce qui se passe réellement, j'admire et ne comprends pas William (et, avec lui, quelques milliards d'humains) qui contemplent le monde et se contemplent eux-mêmes et n'en sont pas malades, où puisent-ils cette indifférence salutaire ?, alors oui, je suis malade mentale et mes dépressions sont archisaines, *la dépression c'est de la colère*, si je n'étais pas malade, c'est probablement que j'aurais réussi à m'arranger avec la vérité, c'est-à-dire réussi à trouver la non-vérité, celle qu'a trouvée William, trouver la non-vérité, ce qui s'appelle vivre, mais la foi m'a désertée, et la foi en l'amour sans doute, une chose est devenue claire pour moi : l'amour aussi est un viol, parce qu'il n'advient pas, jamais en tout cas à la hauteur de cette mort violente qu'il devrait être, William le sait comme moi, mais il s'en est arrangé, il a trouvé la non-vérité et il me survivra, et c'est bien sur les ruines de mon espoir abattu, à deux pas des dernières mines qui ne manqueront pas de m'exploser à la gueule si je continue à singer péniblement la marche des humains, que j'ai enfin levé les yeux vers elle, assise en face de moi, elle ne somnolait pas, elle ne lisait pas, elle m'observait calmement sans que je puisse deviner l'objet de ses pensées ni l'intention de ses yeux, il y a mille et une raisons de regarder une inconnue, moi je n'avais qu'une seule et unique raison de la regarder et il y avait une chance sur mille pour qu'elle la partage, nous nous sommes fixées comme ça quelques secondes, ce qui m'a paru long, même projetée à la vitesse de mon putain de désir, et puis tout naturellement elle a fini par regarder ailleurs et elle n'avait pas l'air de s'en porter plus mal, elle n'en retiendrait rien, un visage parmi tant d'autres, qui rejoindrait la cohorte des visages croisés dans le métro, qu'il crame ce métro, parfois c'est tout ce que je nous souhaite, j'ai serré la note biographique de Marie Kelvedon dans mon poing et, avant qu'elle ne fût froissée ou roulée en boule, je l'ai enfournée dans ma poche, retour à la grande nuit, *vous ne ressentez rien ?*, je n'osais plus la regarder, *je ne peux pas continuer putain sans exprimer ce terrifiant ah putain cet effrayant ce blessant putain de besoin physique que j'ai de vous et je ne peux pas croire que je peux ressentir ça pour vous et que vous, vous ne ressentiez rien, vous ne ressentez rien ?*, je n'osais plus lever les yeux vers elle, *vous ne ressentez rien ?*, puis je les ai levés enfin, mes yeux, lentement, *regardez-moi*, et elle n'était plus là, *regardez-moi*, c'était deux stations avant Brixton et elle n'était plus là, j'étais dans la vérité, la grande nuit, toutes deux froides comme une tombe. Rideau.

À Brixton, je suis descendue de la rame et j'ai réintégré la surface des vivants, le champ de l'impossible, là où rien ne me paraît plus possible. J'ai marché. Je n'avais plus du tout envie de rentrer me pieuter chez moi. J'ai posé ici et là des regards vides, sans attente, puisque l'amour de ma vie venait de m'abandonner à deux stations de là.

C'est alors que je l'ai vu, sur le trottoir d'en face : Richard marchait d'un pas hésitant, sa chemise dépassait par endroits de son jean, il n'était pas rasé. Je ne l'ai rencontré qu'une ou deux fois au Madame Jojo's mais je l'ai tout de suite reconnu. Je l'ai d'autant mieux reconnu que ce n'était plus le même, m'a-t-il semblé, on aurait dit un pauvre fou échappé de Maudsley, alors j'ai téléphoné immédiatement à William, que j'ai réveillé, je lui ai dit que Richard était sur le trottoir d'en face, je ne lui ai pas parlé de l'amour de ma vie qui venait de m'abandonner deux stations avant Brixton, j'ai dit : « Richard est là, à quelques mètres de moi », et comme il ne répliquait rien, j'ai gueulé dans l'appareil : « Qu'est-ce que je fais ? », j'ai eu un accès de panique, j'ai hurlé : « Mais qu'est-ce que je fais, bon Dieu ? Qu'est-ce que je fais ? »

William n'a rien dit. Il s'est juste mis à pleurer. Impuissante, j'ai regardé Richard disparaître dans la bouche de métro de Brixton. Je me suis demandé ce que j'allais devenir. Je ne savais vraiment pas ce que j'allais devenir. J'ai pensé à l'amour de ma vie qui venait de m'abandonner à deux stations de là et j'ai écouté William pleurer.

DEUXIÈME PARTIE

1998-2002

Les nuits de Lydia O'Lear

— C'était très bien, Richard.

Je n'ai jamais fait monter un inconnu. Mais lui, c'est différent.

Il esquisse un faible sourire, remonte le drap sur son menton et tend la main vers le paquet de cigarettes qu'il a abandonné sur la table de nuit en arrivant.

— Excusez-moi. Je ne devrais peut-être pas dire ça...

Il ne réplique toujours pas.

Je craque une allumette et j'approche la flamme de son visage. Les yeux fermés, il inspire une bouffée.

— Vous pouvez dire ce que vous voulez, Lydia. J'aime votre voix.

— Qu'est-ce que vous aimez dans ma voix?

— Je ne sais pas. Elle me rassure.

Il lâche un petit rire de dépit :

— Vous voyez, je suis capable de dire des choses bien plus idiotes que vous.

Il laisse la cigarette pincée entre ses lèvres; la fumée se

disperse autour de l'arête de son nez, comme un masque ondoyant.

Il porte une barbe de plusieurs jours. J'ai les joues en feu, les lèvres sèches ; cette sensation m'apaise.

— Quel âge avez-vous ?

— Vingt-quatre ans.

— Finalement nous n'avons que quelques années de différence.

— Vous vous attendiez à plus ?

— Vous paraissez très jeune, c'est tout. Et moi, je dois me sentir très vieux.

— Vous voulez dormir ?

Richard observe l'horloge au fond de la chambre.

— Je n'ai pas mes lunettes...

— Il est deux heures passées.

Ses yeux se perdent dans les motifs fleuris de mon dessus-de-lit.

— Parlez-moi de vous et approchez le cendrier, s'il vous plaît.

— Vous parler de moi ?

— Notre conversation au pub a tourné court. Je sais peu de choses de vous.

Il se cale sur un coude et détaille mon visage comme s'il le voyait pour la première fois.

— Que voulez-vous savoir ?

— Par exemple, ce qu'une fille comme vous fichait dans un endroit pareil.

— Vous avez les yeux cernés. Vous êtes sûr que vous ne voulez pas dormir ?

— Je suis très angoissé à l'idée de devoir dormir. Je n'ai pas assez bu.

— Vous avez besoin de boire pour dormir ?

— Que faites-vous à Douvres ?

— Je compte les ferries.

Il sourit comme à une plaisanterie.

— Vous comptez les ferries ?

— J'organise les départs et les arrivées. Il y a sans doute des métiers plus passionnants mais voilà, c'est le mien.

— Et vous êtes encore là, murmure-t-il d'une voix songeuse.

— Qu'est-ce que vous voulez dire ?

— Vous n'avez jamais eu envie de partir ? Prendre l'un de ces bateaux ?

— Pas pour l'instant.

— Je m'apprêtais à embarquer lorsque nous nous sommes rencontrés.

— Pour la France ?

Il acquiesce.

— Vous avez manqué votre bateau par ma faute ?

— En réalité, je n'étais pas très sûr de vouloir partir.

— Et à présent ?

— Je ne sais toujours pas.

Le silence retombe.

— Vous venez d'où ?

— Ne me posez pas trop de questions, Lydia.

— Vous êtes un tueur en série ou vous cherchez juste à exciter mon imagination en mal d'aventure ?

Il lance un rire bref.

— Je ne serai pas votre Clyde.

— Où sont vos bagages ?

— Je n'ai quasiment rien pris en partant. Mais...

D'un doigt, il caresse mes lèvres.

— Pas trop de questions.

— Dire que vous m'avez crue...

— À propos de quoi ?

— Quand je vous ai dit que je comptais les ferries.

— Ce n'est pas le cas ?

Je le fixe en souriant. Je dois avoir l'air de minauder, je déteste ça mais cet homme me plaît, je n'y peux rien.

— Allez savoir...

— Dites-moi la vérité ! dit-il avec un accent d'enfant capricieux. J'aime beaucoup l'idée que vous comptiez les ferries. Je serais très déçu que ce ne soit pas le cas.

— Vous partiriez de chez moi en pleine nuit ?

— Alors ?

J'embrasse son front.

— Si ça peut vous faire plaisir : admettons que je compte les ferries. Vous voulez boire quelque chose ? J'ai du whisky.

— Non, merci. Il ne faut pas. Je ne suis pas de très bonne compagnie quand je bois.

— Et moi, j'ai peur de vous ennuyer.

— Bien sûr que non. Autrement vous vous seriez inventé un autre métier. Comédienne ou que sais-je...

— Mon père me disait toujours : « Tu n'es pas très maligne, toi. » Il le disait d'une voix attendrie mais j'ai toujours été persuadée qu'il le pensait.

— Vous êtes très maligne, Lydia. Ça se voit tout de suite.

Il se redresse et glisse un bras autour de mes épaules.

— Dans le train qui m'a conduit ici, je me suis fait accaparer par une femme volubile et outrageusement maquillée. Elle cherchait manifestement à me draguer. Je n'avais aucune envie de parler mais je n'ai pas réussi à la faire taire. Lorsqu'elle m'a demandé ce que je faisais dans la vie, je lui ai répondu que je venais de reprendre l'entreprise de pompes funèbres de mes parents. Elle ne m'a pas cru. Je lui ai assuré que j'étais bel et bien croque-mort. Comme elle ne me croyait toujours pas, je lui ai fait remarquer que son incrédulité était blessante. Mon aplomb a fini par la convaincre et elle a commencé à me poser toutes sortes de questions bêtes et convenues : comment on peut vivre dans une telle proximité de la mort, et tout ce que vous pouvez imaginer... J'ai tenu bon une heure durant.

— Elle faisait quoi, elle ?

— Directrice des ressources humaines dans une entreprise de téléphonie. Je la revois m'expliquant avec un dégoût feint qu'on l'obligeait à espionner les mails de ses employés et pousser à la démission les femmes enceintes. Tout ça pour conclure qu'elle voulait partir habiter en Inde : paix spirituelle, vrais gens, vrais sentiments, bla bla bla. Consternant.

Je me calfeutre un peu plus près de Richard et je caresse son cou.

— Moi, je ne vous ai pas menti. Je compte les ferries et je voudrais que vous restiez quelques jours chez moi avant de partir.

— Qui vous dit que j'ai vraiment envie de partir ?

— Alors vous allez rester quelques jours avec moi. Vous ferez la cuisine pendant que je travaille. Puis nous ferons l'amour et vous me raconterez combien de vies vous vous êtes inventées...

Richard se redresse. Sur son visage, l'angoisse semble le disputer à la fatigue.

— Vous n'avez pas de petit ami ?

— J'ai connu quelques garçons mais je ne les ai pas trouvés... admirables.

— Admirables ? Quelle drôle d'idée. Vous voudriez admirer les hommes ?

— Pourquoi pas ? Je veux croire qu'ils ne ressemblent pas tous à mon cher père.

— Il habite où, votre père ?

— Vous avez remarqué que je réponds docilement à toutes vos questions contrairement à vous ?

Il baisse les yeux et soupire.

— Je vous assure, ma vie n'est pas intéressante.

Richard est un homme en fuite. Je ne peux pas lire davantage sur ses traits mais au moins ça : cet homme fuit. Je pourrais légitimement envisager le pire mais il a été tellement doux avec moi que je ne parviens pas à le craindre.

— Mon père n'habite pas ici. Je ne le vois plus depuis longtemps.

— Ils étaient comment ces garçons que vous avez connus ? J'ai très peur de leur ressembler.

— Non, vous êtes différent.

Mon regard semble l'embarrasser. Il rallume une cigarette.

— Vous fumez beaucoup.

— C'est pour me passer l'envie de boire.

J'écarte les draps et je traverse la pièce. Je lui sers un verre de whisky. Je reviens vers lui. Il hésite, contemple le verre, puis mon corps nu. Il boit une gorgée.

— Revenez près de moi, Lydia.

Je fais ce qu'il me dit.

Sa main caresse mes seins, suit la ligne de mon ventre et vient se poser entre mes cuisses.

— Les garçons que j'ai connus étaient blessés. Comme vous. Mais ils avaient dû se mettre en tête de le faire payer aux femmes. L'un d'eux a tenté de me battre. Heureusement, il était trop soûl. Jurez-moi que vous allez rester quelques jours.

— Je ne jure plus depuis longtemps.

— Quelques jours...

— Vous serez soulagée le jour où je repartirai. Ça, je peux vous le promettre.

— C'est tellement bon avec vous.

Je ferme les yeux et je m'accroche à son buste.

— Demain, je voudrais que vous veniez me chercher au bureau.

Je sens son menton pencher vers moi. Je reste les yeux fermés.

— Ce serait agréable que vous veniez me chercher au bureau, non ?

Il hausse les épaules dans un mouvement presque imperceptible.

— Il va bien falloir que vous sortiez. Vous n'avez pas mis le nez dehors depuis que vous êtes là.

— Je sais.

— Voilà une semaine que vous vous terrez dans cet appartement sordide.

Je balaie la pièce d'un regard rapide puis ma tête retombe dans son cou.

— Il y a de quoi désespérer chez moi. Je pourrais vous présenter quelques amis.

— Lydia, je...

— Vous ?

Il soupire et renonce.

— J'ai dit quelque chose qu'il ne fallait pas ?

— Quel jour sommes-nous ?

— Jeudi soir. Enfin, vendredi matin.

— Vous allez être épuisée...

— Je dormirai ce week-end.

— Comment avez-vous fait pour travailler toute la semaine ? Nous nous endormons si tard... Je ne voudrais pas être la cause d'un accident de ferry !

— Vous dormez l'après-midi en m'attendant ?

— Non.

— Alors vous voyez bien.

Comme il ne réplique pas, je lève les yeux vers lui.

— Jurez-moi que vous viendrez me chercher demain au bureau. Et nous irons boire une bière.

— Vous me demandez toujours de jurer.

— Jusqu'à maintenant vous avez toujours tenu vos promesses.

— Une semaine, c'est mince pour statuer sur la confiance que vous pouvez m'accorder...

— Une semaine me suffit.

— Vous êtes une optimiste. C'est une belle chose. Gardez ça précieusement.

Ce soir, je suis passée voir Bonnie au Midland's avant de rentrer. Elle m'a reproché de l'avoir laissée sans nouvelles depuis l'autre soir. Je lui ai raconté pour Richard.

« Il sort d'où ? » a-t-elle demandé suspicieuse. J'ai haussé les épaules, regrettant que les contours indistincts et inattendus de cette liaison éveillent spontanément sa méfiance. « Il est très doux, je t'assure. — Tu ne devrais pas héberger chez toi un inconnu. — Mais puisque je te dis que j'ai confiance en lui. — Ça ne veut rien dire. Tu es complètement inconsciente. — Je suis sûre de moi. — Tu as un béguin. Rien de plus dangereux. Ça ne te donne aucune assurance. » Au fond du pub, Edward me fixait, l'air mauvais. J'ai murmuré : « Richard vaudra toujours mieux que celui-là. » Bonnie s'est éloignée un instant pour servir un client, puis elle s'est penchée vers moi : « Il demande tous les soirs où tu es. Chez elle, je dis. Il a très bien compris à mon avis. — Je n'ai pas de compte à lui rendre. Et je ne veux plus avoir à croiser ce genre de type. Toi aussi, tu devrais les fuir. » Bonnie a soupiré : « Il n'y a que ça dans le coin, qu'est-ce que tu veux faire... — Partir. — C'est ton Richard qui t'a mis cette idée en tête ? — Je n'ai jamais dit que j'allais partir. Je dis juste que je ne veux plus qu'un seul de ces garçons m'approche. — Je te trouve très bizarre depuis que tu as rencontré ce type. Tu devrais faire attention à toi. »

Sur ces mots, j'ai quitté le Midland's. Il faut croire que certaines évidences ne se partagent pas.

— Est-ce que vous êtes bien avec moi ? Je veux dire, aussi bien que je le suis.

Richard me serre contre lui. Je sens son sexe enfler contre mon ventre. C'est la façon toute particulière qu'ont les hommes parfois de répondre aux questions. Moi, je voudrais des mots. Quelques mots simples.

Une angoisse sourde monte dans ma poitrine. Je ne peux pas m'empêcher d'être comme ça avec les hommes : aux aguets, réceptive à chaque mot, aux silences qui les enveloppent, à leur obscure signification que je traque des heures durant, comme si la crainte d'être abandonnée s'éveillait au même moment que le désir, ou comme si la séparation des corps était le corollaire inéluctable de leur rapprochement. Chose qui survient, au fond, chaque fois que nous faisons l'amour. Mais je veux parler d'une séparation plus irrémédiable, définitive, qui menace dès les premiers gémissements, une lésion invisible à l'œil nu dans laquelle l'amour fouaille, sans que nous nous en apercevions, et finit en entaille lorsqu'il est trop tard. Bonnie dit que j'interprète tout à tort et à travers. Il me semble plutôt que je vois des choses qu'elle ne voit pas. Tel ce silence de Richard lorsque je lui demande s'il est bien avec moi.

— Stop !

D'une main, je masque son visage.

— À quoi pensez-vous ?

— Comment ça ?

— À quoi pensiez-vous au moment où j'ai dit « stop » ?

C'est mon jeu préféré. Que je lance chaque fois en désespoir de cause. Les hommes ne daignent jamais y jouer. Les hommes n'aiment pas répondre à mes questions.

Richard s'enfonce dans le lit.

— Je pensais que j'ai envie de vous faire l'amour mais qu'il est très tard et que vous travaillez très tôt.

J'oublie les questions auxquelles Richard n'a pas répondu, je me laisse prendre dans ses bras, puis dans mes cuisses.

— Ce n'est pas grave, Richard.

Son corps s'affaisse à l'autre bout du lit, le front collé contre le mur.

— Ce sont des choses qui arrivent.

— Ne dites rien.

Richard se recroqueville. Je passe une main sur sa hanche désarmée. Je me penche vers lui et je lui dis à l'oreille :

— Vous m'avez fait jouir toutes les nuits depuis un mois, alors ce n'est vraiment pas grave. Et puis, vous avez beaucoup trop bu ce soir. Tout s'explique.

Il me fixe droit dans les yeux.

— Tout s'explique ? répète-t-il d'une voix incrédule.

— Vous êtes ivre. Calmez-vous.

Sa tête retombe sur l'oreiller.

— J'ai froid. Et si je m'écoutais, je boirais un autre whisky.

Je remonte le drap sur lui et je vais le servir.

— Vous cédez ? lance-t-il.

— Si ça peut vous faire du bien. Vous avez l'air tellement mal...

J'enfile ma chemise de nuit et je m'assois en tailleur près de lui. Il vide le verre de whisky d'une traite.

— J'ai l'impression de passer mes nuits avec vous depuis un siècle, dis-je. Un siècle miraculeux.

— Par pitié, ne parlez pas de miracle. Ma vie n'a jamais été que l'exacte inverse.

Je glisse mes jambes contre les siennes.

— Vous avez fait quoi aujourd'hui ?

— Je vous ai attendue. Comme tous les jours depuis un mois. J'ai un peu marché. Regardé les ferries s'éloigner.

— Vous avez envié ceux qui étaient à bord ?

Richard ne répond pas.

— Vous iriez où ? Vous parlez français ?

Il fait non de la tête dans un mouvement très lent.

— Alors vous voyez bien. Pourquoi est-ce que vous refusez obstinément de venir me chercher au bureau ?

À peine formulée, je regrette cette énième question. Et, une fois de plus, Richard se terre dans un silence accablé.

Je ne devrais pas insister. Il ne faut pas insister.

— Vous vous promenez bien sur les quais pendant la journée... Alors pourquoi pas avec moi ?

— Je sais que vous y tenez. Je suis désolé.

— Je ne vous demande pas de vous excuser. Juste : m'expliquer.

— Je sais... On ne vit pas comme ça. Ce n'est pas comme ça que les choses se font.

— Sortir tous les deux en fin de journée, aller boire une bière au Midland's... Rien qui paraisse si difficile...

— J'ai vécu huit ans avec une femme, Lydia.

Je détourne les yeux. J'attendais ce moment avec appréhension depuis un mois. Je savais que cela arriverait soudainement. Au détour d'une phrase.

— Vous l'avez quittée.

— Oui. Juste avant d'arriver ici.

— Vous savez pourquoi ?

Richard hausse les épaules.

— Vous partagez une cigarette avec moi ?

— Depuis que nous nous connaissons, vous fumez presque tous les jours. J'ai une mauvaise influence sur vous.

— Ça me plaît de fumer avec vous. Alors c'est à elle que vous pensez toute la journée en m'attendant ? Cette femme ?

— Nous venions d'avoir un enfant.

Je retiens ma respiration. Les mots s'étranglent dans ma gorge. J'allume la cigarette et je la lui tends.

— Vous me jugez, n'est-ce pas ? demande-t-il.

Je baisse les yeux. Il traque la réponse sur mon visage.

— Oui, c'est à elle que je pense toute la journée quand je vous attends, dit-il finalement. Et je crois savoir à présent pourquoi je l'ai quittée.

— Alors pourquoi ?

— D'abord, j'ai eu l'impression de fuir notre cocon conformiste. Mais la vérité, c'est que je la rendais malheureuse. Cette pensée m'était devenue insupportable.

— Elle vous aimait ?

— Je crois. Mais je ne suis pas fait pour rendre une femme heureuse.

— Comment vous pouvez dire ça ?

— Je le sais, c'est tout.

— Moi, vous m'avez rendue heureuse.

— Ce n'est pas ça, Lydia. Vous vous contentez de la lueur d'un feu follet. Ça n'a qu'un temps.

Il y a une sorte d'agacement dans sa voix.

Je me détache de son corps. Peau contre peau, il me semblait déjà que Richard était très loin de moi depuis un long moment.

— Vous voulez m'annoncer que vous allez partir ?

— Je vous parle de ma vie. Pour que vous n'attendiez rien de moi. Je vais éteindre cette cigarette et vous serrer contre moi, vous voulez bien ?

J'ai ce pli au milieu du ventre, que je connais bien, qui remonte vers la poitrine. Une profonde tristesse me saisit, obscure et sans droit. Comment un homme que je connais depuis un mois seulement peut-il planter une telle tristesse en moi ? Les autres m'ont laissée aussi peu d'espoir, à leur corps défendant, ils n'en savaient rien, leur brutalité et leur fadeur anéantissaient mon espoir sans qu'ils s'en aperçoivent et je restais quelques mois à leur côté, mesurant chaque jour un peu plus le vide lamentable de ce nœud que nos corps singeaient. Richard, lui, ne m'a rien laissé croire ; me voilà pourtant enchaînée à cet endroit du monde où l'on me dit que les arbres ne poussent pas, forçant mes jeunes racines à pénétrer une terre aride qui jamais ne me nourrira, acharnée, cherchant l'eau là où il n'y a que désert. J'aime cet homme.

— Encore quelques jours, Richard... Vous m'avez rendue heureuse.

Je contemple son beau visage.

Je sais que nous allons à la défaite, mais je ne me suis jamais sentie aussi vivante.

— Ça ne fait rien. Du moment que je peux dormir contre vous.

Je sens son souffle sur ma joue. C'est un souffle chargé d'alcool.

J'ai parfois l'impression de m'être habituée à ces nuits sans passion, son corps prostré, incapable désormais de me faire jouir. La première nuit où c'est arrivé, je l'ai pris comme un coup de poignard tout en faisant mine d'y être indifférente. J'ai manqué lui demander s'il me désirait vraiment, s'il s'était lassé de mon corps ou quoi, j'ai eu peur de ma nudité, peur qu'il en ait vu l'anodine crudité, son impuissance m'a anéantie, puis la parole a ressurgi comme un salut, nous faisant oublier de temps à autre ce mur entre nous. J'ai fini par admettre nos longues nuits passées à discourir plutôt qu'à nous étreindre et faire l'amour. Alors voilà : je laisse faire le cours des choses, car il est vrai que je préfère ces nuits lovées contre lui plutôt que rien, je préfère ce sexe qui ne bouge pas plutôt que rien. Comment peut-on en arriver là ? me dirai-je dans quelques années. Ce chavirement me paraîtra peut-être vain.

— Avez-vous déjà pensé à vous marier ? demande-t-il.

— Oui. Vous trouvez ça... commun ?

— Je ne vais pas pouvoir rester chez vous comme ça. Je vis à vos crochets depuis deux mois. Vous voyez bien. Ça ne peut pas continuer.

— C'est moi qui vous ai imploré de rester.

— Cet après-midi, je suis allé marcher sur les quais. J'ai vu passer des adolescents pressés. Gonflés de désir. Je me suis senti tellement étranger à tout ça.

— Vous n'êtes pas vieux du tout.

— Je n'ai plus de désir, Lydia. Vous pouvez comprendre ça ? Ils ne me font même pas envie. Aucun.

— Vous vous êtes bien marié...

— J'ai juste fait ce qu'on attendait de moi.

— Et maintenant, vous êtes libre.

— Je ne suis pas libre. Sorti de la gangue, je ne respire plus. Il y a quelque chose qu'on ne m'a pas appris peut-être.

— Je ne peux rien pour vous, dis-je froidement.

Il relève la tête. Je ne sais pas si je dois lire de la stupeur ou de l'espoir sur son visage.

— Ce que vous venez de dire...

— Je ne peux rien pour vous. Si vous voulez, je peux le répéter à l'envi.

— J'aime la vie en vous. C'est elle qui m'a attiré entre vos bras. Celle que j'ai perdue. La vie que vous avez cru pouvoir trouver sur ma peau. Je vous parle déjà comme à une amie, pardonnez-moi. Non, vous ne me pardonnerez pas et je vous comprends. Ça ne fait rien, dites-vous ? Si, bien sûr, ça fait quelque chose. J'aurai essayé... Mais ça ne veut rien dire : essayer. Pardonnez-moi, Lydia. Tout ça est tellement difficile.

La panique s'empare de moi.

— Du moment que je peux dormir contre vous...

— Bien sûr, je vous oublierai, Richard. Bien sûr, j'ai la vie devant moi. Ce n'est pas grave. Ça ne fait rien. C'était très bien. Je ne devrais peut-être pas dire tout ça. Mais tant que je pouvais dormir contre vous... C'est étrange ce vide brusquement. Je parle toute seule. Ma chambre me paraît immense. Et moi, minuscule, gelée. Je meurs de froid depuis que vous êtes parti. C'est pourtant vous qui aviez toujours froid. Alors bien sûr, je vous oublierai. Bien sûr, j'ai toute la vie devant moi. J'ai la vie après vous. Je ne vous ai pas attendu pour savoir ça. J'aurais juste aimé que vous restiez quelques jours de plus. Je parle toute seule. Et je suis gelée. Depuis votre départ, je vais travailler comme un automate. Le soir, je rentre sans passer par le Midland's. Je n'ai pas vu mon amie Bonnie depuis des semaines. Il me semble savoir par avance ce qu'elle aurait à me dire. Je ne veux pas croiser le regard d'Edward, ni d'aucun garçon. Douvres me pèse comme jamais. Vous m'avez fait entrevoir quelque chose que je ne connaissais pas et que je désespère de pouvoir retrouver ici. Il me prend parfois l'envie de partir, tout quitter, non pas pour vous retrouver, car j'ai peu d'espoir de vous revoir un jour, mais Douvres me semble brusquement irrespirable. Alors bien sûr, j'ai toute la vie devant moi. J'ai la vie après vous. Mais où ? Au moins, vous dois-je de m'avoir fait découvrir un ciel un peu plus haut. Aurais-je levé les yeux jusque-là si je ne vous avais pas rencontré ? J'ai fumé la dernière cigarette de votre paquet. Je préférais le temps où nous les partagions. Chaque soir, j'attends le sommeil comme un salut. Dans l'intervalle, je parle toute seule. Je dis : bien sûr, je vous oublierai, Richard. Ce n'est pas grave. Ça ne fait rien. C'était très bien.

Le bilan provisoire de Susan Taylor

Je ne réponds plus au téléphone.
J'écoute, je note les messages.
Je rappelle en conséquence.

J'ai le teint gris. *Dixit* mes parents.
Je n'invite plus mes parents à dîner. Je me déplace.

J'ai mis l'appartement en vente. L'agent immobilier n'a pas tardé à trouver un acquéreur. Je n'ai pas répondu au téléphone. J'ai écouté, noté le message. J'ai rappelé le lendemain. Il voulait fixer un rendez-vous pour la visite. J'ai dit : je ne vends plus.

Je ne dors plus dans la chambre. Je préfère le canapé convertible du salon. Les lattes de bois percent à travers le mince matelas et persécutent mon dos mais je persiste à préférer le canapé du salon.

Quand je ne me sens pas bien, je gobe des anti-inflammatoires et j'attends que ça passe. Ça passe sans que je me soucie de mettre un nom sur la chose.

J'emmène la petite chez le pédiatre quand je le juge nécessaire. La petite est sur mesure mais elle est souvent malade. C'est normal, les enfants sont toujours malades.

Je ne prête même plus attention aux photos sur les murs. Mon regard les évince de mon champ de vision sans que j'aie à mettre un nom sur la chose.

J'ai l'œil cireux. *Dixit* mes collègues de travail. Je gobe des anti-inflammatoires, j'attends que ça passe et ça passe sans que je me soucie de mettre un nom sur la chose, mais quelques jours plus tard j'ai de nouveau l'œil cireux, *dixit* mes collègues de travail.

Je n'ai rien dit à mes collègues de travail. Je travaille.

Tu n'as pas l'air en forme, ces temps-ci.

Si. Pourquoi.

Lorsque la petite s'est endormie, je regarde tout ce qui passe à la télévision, jusqu'à ce que je m'écroule de fatigue, tard le plus souvent, sans que j'aie pensé à rien.

Il y a bien quelque chose qui pense dans mon dos et me vide mais ça, je ne peux pas l'empêcher. De moi-même, je ne pense à rien. Ou, du moins, j'aimerais ne penser à rien. Alors je regarde l'écran. Mais je ne peux pas empêcher ce quelque chose de penser dans mon dos et de me vider.

J'ai trouvé des anxiolytiques dans la pharmacie de mes parents, alors j'ai remplacé les anti-inflammatoires par des anxiolytiques. J'en prends un ou deux par jour, selon ma capacité à ne penser à rien.

Lorsque je prends deux anxiolytiques, je parviens effectivement à ne penser à rien.

Plus du vin.

J'espère par là anesthésier ce quelque chose qui pense dans mon dos et me vide.

Parfois, je me demande pourquoi j'ai refusé la vente de l'appartement. Je laisse la chose penser dans mon dos.

J'empile soigneusement le courrier qui lui est adressé.

Je reconnais les factures. Je les ouvre et je paie.

Je reconnais ses relevés bancaires. Je les empile sans les ouvrir.

Je pourrais ouvrir et consulter ses relevés bancaires. Je saurais où il est. Et quand. Et combien.

Je l'imagine débarquant à l'appartement et jaugeant la pile. Et, à côté, les factures que j'ai payées sur le compte commun, les factures que j'ai triées et classées par date. Je suis irréprochable.

Je fais tout ce qu'il faut.

Je fais tout ce qu'il convient de faire.

Deux anxiolytiques. Plus du vin.

Parfois, quand j'ai pris seulement un anxiolytique et pas de vin, j'ai envie de mourir.

Parfois, quand j'ai envie de mourir, je regarde la petite dormir. Je ne sais pas ce que j'en pense. C'est trop violent.

Du vin californien.

Quand je n'ai plus d'anxiolytiques, je vais chez mes parents et je me sers dans la pharmacie. Ils s'en sont aperçus. Ils ne disent rien. Peut-être qu'ils ne pensent à rien, eux non plus. C'est trop violent.

Souvent, je me demande si la petite pense. Je ne lui souhaite pas pour le moment. C'est trop tôt.

Je ne lis pas. Cela m'obligerait à penser.

Je ne réponds plus au téléphone parce que je ne veux pas qu'on me parle de lui.

Sur le répondeur, ils disent : que se passe-t-il.

Il ne se passe rien.

Avec le temps, ils n'appelleront plus.

Et il reviendra.

Richard est l'homme de ma vie. Je le sais maintenant. C'est dans mon dos et ça me vide alors je m'efforce de ne pas y penser. Mais ça n'est pas toujours possible.

Maman dit : il ne reviendra pas. Je dis : ta gueule. Elle me gifle. Puis elle s'excuse. Elle dit : c'est pour ton bien que je te dis ça. Je rétorque : je sais où est mon bien, merci. Je prends la petite dans mes bras et nous rentrons, je la berce, elle s'endort, alors je prends deux anxiolytiques d'un coup et je regarde la télévision avec dans un coin de ma tête cette pensée de rien : payer la facture de téléphone. Qui a sensiblement chuté.

Je suis irréprochable au bureau. Personne ne peut me reprocher quoi que ce soit.

Que se passe-t-il, il ne se passe rien, je travaille et je suis irréprochable.

Le temps dure longtemps.

Elle dit il ne reviendra pas je lui dis ta gueule ne répète jamais ce que tu viens de dire.

Je n'ai pas de nouvelles de sa famille. C'est normal puisque je ne réponds plus au téléphone et surtout pas aux gens qui le connaissent et risqueraient de me parler de lui.

Je pourrais ouvrir les relevés bancaires. Je saurais.

Parfois la petite se met à pleurer au milieu de la nuit. Alors je me lève et je vais la calmer.

Parfois je me lève pour aller la calmer mais je reste plantée sur le seuil de la porte, incapable de la prendre dans mes bras. Alors je la regarde pleurer. Elle aussi me regarde et elle pleure d'autant plus. Je repars me coucher.

J'ai changé. Pourtant je m'alimente normalement.
La petite aussi a changé. Mais pas comme moi.
Ce doit être le vin. L'abus d'alcool est dangereux pour la santé. C'est écrit partout. Mais j'en ai besoin, alors.

Quand j'ai pris seulement deux anxiolytiques et pas de vin, j'ai envie de mourir.

Il arrive que la petite hurle plusieurs heures d'affilée.
Je la regarde hurler.

Le plus dur, c'est la nuit.

Penser à payer la note de téléphone.
Et tenir bon.

Peut-être ne suis-je pas du tout capable d'élever la petite.

Je ne me sens pas très bien.
Ça ne va pas très bien.
Avant je parlais beaucoup. J'avais cette réputation. On se moquait de moi gentiment.

Que se passe-t-il.
Il ne se passe rien.
Il y a juste que je tiens bon.
Alors ça prend tout mon temps.

Je sais où est mon bien, merci.

L'invité de Molly Hunter

Il était temps pour moi de me décider...

Toby, notre fils, était en âge de partir faire ses études ; il habiterait donc avec son père à Londres et reviendrait me voir le week-end. Alors forcément, j'y ai pensé tout de suite : moi, toute seule dans la grande maison de Minehead... J'ai pesé le pour et le contre. Longuement. « C'est bon, je reste. — Tu es sûre de toi ? » David ne voyait pas à mal. Il se fout des parts qu'il a investies dans la maison. David est un mec bien. Je l'ai toujours su. Notre petite vie aurait d'ailleurs pu durer longtemps comme ça. C'est ce que je lui ai dit peu avant que nous entamions la procédure de divorce : « Et si on continuait comme ça, avec chacun une vie à soi... Car, à bien y réfléchir, nous sommes mieux lotis que pas mal de gens : nous nous entendons bien, nous avons encore beaucoup de choses à nous dire. Alors pourquoi pas ? — Molly... Tu sais bien... » David dit souvent qu'on n'a qu'une vie ; ou plutôt, David a souvent invoqué cette formule pendant la période qui a précédé le divorce : on n'a qu'une vie. Devions-nous, pour autant, mettre un terme à cette vie de couple qui, certes, ressemblait davantage à la cohabitation de deux vieux amis qu'à autre chose ? David a tranché pour moi. On n'a qu'une vie : il retournerait vivre à Londres et moi je resterais habiter dans la grande maison de Minehead. « Je t'enverrai Toby le week-end. Quant à moi, je viendrai pendant les vacances. On pourra faire l'inventaire de ce qui marche ou ne marche pas. Je ferai le nécessaire pour t'aider. »

« Tu pars cet été ? » ai-je demandé à David le jour de son déménagement. « Le contrat, Molly... — Oui, pardon, le contrat. » Nous avions établi, David et moi, une sorte de pacte qui disait en substance que nous resterions toujours disponible l'un pour l'autre, nous nous efforcerions d'entretenir cette belle amitié qui continuait de nous lier, mais nous resterions – autant que faire se peut – discrets quant à notre vie sentimentale ; plus précisément, nous nous en tiendrions au minimum syndical : liaison durable, remariage éventuel et naissance afférente. Autrement dit, nous étions convenus de nous informer des tournants marquants de nos existences séparées mais de faire l'économie des passades. Nous préférions, dans un premier temps, nous savoir chacun seul au fond de notre lit plutôt qu'accompagnés, même mal accompagnés. Je ne sus donc jamais à quoi David occupa son été 1999 et me persuadai vaguement, entre deux coups de fil (nous nous téléphonions tous les jours) qu'il continuait à vivre un peu avec moi, à distance certes, mais un peu avec moi d'une certaine manière.

Sauf que j'avais donc choisi de rester vivre toute seule dans la grande maison de Minehead. Alors forcément j'y ai pensé tout de suite, avant même qu'il ne m'en parle, et je n'ai cessé d'y penser sitôt qu'ils furent partis, lui et Toby : moi, toute seule dans cette grande maison... Du calme, Molly, me répétais-je, il faudrait vraiment qu'un fou décide de débarquer spécialement à Minehead pour égorger quelqu'un... Je me suis fait de sacrées frayeurs une fois que Toby a rejoint son père. Surtout après le coucher du soleil. Et après les coups de fil de David, « tout va bien ? », « tout va bien », je raccroche, il fait nuit, dehors et dans la grande maison, alors oui : il a fallu de longues semaines pour l'apprivoiser cette foutue maison. Mais j'en ai finalement eu raison. Et j'y suis restée.

C'était un soir de janvier 2000. Il était dix-huit heures passées. Et je n'attendais personne.

— Vous désirez ?

Le type était trempé jusqu'aux os.

— ...

— Molly Hunter. Enchantée.

Il acquiesça, découvrant manifestement chez qui il venait de sonner.

Une bourrasque venue de la mer vint s'écraser sur la maison. Il releva le col de son manteau et finit par me tendre la main, le cou recroquevillé entre ses épaules.

— Richard Taylor.

Je serrai sa main, sans trop comprendre.

— Vous cherchez quelqu'un ?

— Non.

— La maison n'est pas à vendre.

— Je me doute.

Ce type était pour le moins bizarre mais il paraissait assez inoffensif.

— Vous vous êtes trompé de domicile ?

Il fit non de la tête, prit un peu de recul et détailla la façade.

— J'ai vécu ici, dit-il sans me regarder.

— Je ne vous entends pas avec le vent ! m'époumonai-je.

Il revint vers moi.

— Je vous disais que j'ai vécu ici une partie de mon enfance.

— Ah...

— Il se trouve que je passais par là... alors je me suis permis de sonner. L'endroit n'a pas changé...

Long silence, tout juste entrecoupé par les rafales de vent qui s'engouffraient sous le porche.

— Est-ce que... je peux juste faire un tour dans le jardin ? interrogea-t-il.

On eût dit un enfant qui attend qu'on lui donne l'autorisation de se lever de table.

— Je vous accompagne.

Je fermai la porte d'entrée derrière moi et nous descendîmes côte à côte l'escalier du perron qui donne sur la pelouse.

*

— Ça va aller ?

— Oui, merci.

Penché au-dessus de la table de la cuisine, il souffla sur le bol et but quelques gorgées de soupe. J'avais mis son imperméable à sécher sur le radiateur mural. Des auréoles maculaient le tissu, sans qu'on sache au juste s'il s'agissait de traces de pluie ou de crasse.

La sonnerie du téléphone retentit. C'était l'heure de David. Je m'éloignai vers le vestibule et lui parlai à voix basse de mon invité. David me conseilla avec calme de m'en débarrasser dans les plus brefs délais. « Il est paumé mais charmant, je t'assure. — Molly... — Je te rappelle plus tard, David. »

— C'était mon mari, annonçai-je en réintégrant la cuisine. Enfin, mon ex-mari...

Richard Taylor n'était plus dans la pièce.

— Mr Taylor ?

J'entendis une voix étouffée répondre aussitôt :

— Je suis aux toilettes.

J'entendis la chasse d'eau et il ne tarda pas à réapparaître.

— Je me suis permis. Encore une fois. C'est que... je connais bien la maison. Je vais vous laisser. Je suis désolé de vous avoir dérangée.

Il reprit place à table et but encore quelques gorgées de soupe. Il reposa le bol et leva les yeux lentement vers moi.

— C'est étrange de revenir ici...

— Vous prendrez un verre de vin ?

— Je ne voudrais pas abuser...

— Je m'en sers un. Alors.

— Dans ce cas, je veux bien.

Je pris place en face de lui.

— Nous allons trinquer... à votre retour. Vous avez vécu longtemps ici ?

— Jusqu'à l'âge de treize ans. Ensuite, mon père a été muté à Brighton. Je me souvenais parfaitement du grand hall, l'escalier de marbre et la coursive... J'avais la chambre tout au bout du couloir. Vous avez bien fait de changer le papier peint. L'époque était aux fleurs mordorées et tout ce décorum chichiteux...

— Vous n'étiez jamais revenu à Minehead ?

— J'y ai souvent pensé. Et puis non, je ne l'ai jamais fait. Je crois que ça me faisait peur.

— La nostalgie ?

— Quelque chose comme ça.

Richard Taylor regardait autour de lui.

— Revoir tout ça... Tout le monde a vécu ce genre d'expérience, je suppose. Et c'est peut-être le plus difficile à partager. Comme les rêves. On se fout des rêves des autres, n'est-ce pas ? L'enfance, c'est pareil. Je me revois enfant à cette table. Car c'est la même table...

— Nous avons gardé quelques meubles en effet.

— Non, inutile de vous décrire ce que je revis. Ce ne serait que des clichés pour vous. Ça ne se partage pas comme ça, une enfance. Ni rien qui tienne du souvenir.

— Ce sont de beaux souvenirs au moins ?

— Oui.

Il hésita un instant.

— C'est après. Après Minehead, ce n'était plus pareil. Mais ici, oui. J'ai de beaux souvenirs. Une sorte d'inconscience ou... d'inconséquence. J'étais un enfant, quoi.

Richard Taylor vida son verre d'une traite.

C'est là que je m'avouai cette chose bizarre : j'avais envie qu'il reste.

— Je suppose que cela vous ferait plaisir de revoir votre chambre ?

*

J'allumai le plafonnier et restai sur le seuil de la porte. Il fit quelques pas dans la pièce.

— C'est le bureau de mon mari.

— Vous dites : mon mari.

J'esquissai un sourire embarrassé.

— Oui… Il serait temps que… je m'habitue, n'est-ce pas ?

— Mon lit était là, dit Richard Taylor. Ici mon piano droit… Et, près de la fenêtre, une petite table et la palette de peinture…

— Vous peignez toujours ?

— Plus du tout. Parfois je me dis que je vais reprendre. Et je ne le fais pas. Il y a un âge où l'on fait les choses sans y penser. Pas besoin de se les autoriser. Après c'est une autre affaire…

J'approuvai. Inutilement puisqu'il me tournait le dos.

— Je peux ouvrir la fenêtre ?

— Je vous en prie.

Il se pencha et respira l'air du soir.

— J'ai passé beaucoup de temps penché ici. Et je ne sais pas à quoi je pensais. Je devais avoir des intuitions, mais rien de très clair.

— Des intuitions ?

Il se mit à me fixer. Je croisai les bras pour me donner une contenance et m'appuyai contre l'encadrement de la porte.

— L'intuition que quelque chose ne tournait pas rond.

Il se planta devant moi pour sortir. Je le laissai passer et refermai la porte derrière nous.

— Ici, c'était la chambre de mes parents, commenta-t-il. Là, celles de mes sœurs. Et l'entrée du grenier.

Nous descendîmes les marches du grand escalier à pas lents. Une fois arrivée en bas, je me tournai vers lui :

— Vous m'accompagnez pour le dîner ?

*

— Vous ne répondez pas ?

C'était David qui venait aux nouvelles. Je songeai à notre « contrat ». Je ne bougeai pas de mon tabouret et bus quelques gorgées de vin. Je me sentais légère. Il y a longtemps que je ne m'étais pas sentie légère, juste ça.

— Je ne réponds jamais au téléphone après dix-neuf heures, déclarai-je finalement. Une question de principe.

— Mais c'est peut-être votre...

— Ex-mari. Oui, je sais.

Je souris brièvement et resservis un verre à Richard Taylor.

— Vous vivez ici depuis longtemps ? interrogea-t-il.

— Quinze ans. J'ai rencontré David à Londres mais la

vie est rapidement devenue impossible là-bas, alors nous nous sommes réfugiés à Minehead.

— Quand on peut se le permettre...

— David et moi sommes traducteurs. Alors oui, nous pouvons nous permettre de travailler un peu où nous le désirons.

— Vous traduisez quelle langue ?

— David, le français. Moi, le norvégien.

— Vous allez chercher les textes là-bas ? demanda-t-il les yeux rêveurs.

— Oui, voilà. Et vous ?

Il se reprit et hésita.

— Moi ? Plus grand-chose. Je travaillais à la BBC mais j'en suis parti.

— Phase de transition ?

Il semblait perdu brusquement et prononça ces mots avec incrédulité :

— Oui, c'est ça. Une phase de transition.

— Vous m'avez intriguée tout à l'heure...

Il m'adressa un regard d'incompréhension.

— Lorsque vous avez dit... que « quelque chose ne tournait pas rond ». Je crois que j'ai eu souvent cette impression ces dernières années...

— J'étais un étranger chez moi. Mais je ne l'ai compris que tout récemment.

Il laissa passer quelques secondes.

— J'ai compris que j'étais totalement étranger à ma vie, à la vie qu'on avait choisie pour moi. Jusque-là, je tâchai de m'en contenter et d'ignorer les larsens.

— Je vais vous paraître indiscrète mais… qu'avez-vous fait lorsque vous avez compris… enfin, ce que vous venez de dire.

— J'ai quitté ma femme et mon enfant. Et je n'ai pas revu ma famille depuis.

Il soupira.

— Il n'y a qu'ici où j'ai l'impression d'avoir vécu vraiment à ma mesure. Je n'étais pas un enfant innocent ni bienheureux. Mais je n'étais pas encore *l'étranger*. Quelque chose se jouait mais c'était encore invisible à l'œil nu…

Je détaillai le visage de cet homme. Il me plaisait.

— Nous formions un drôle de couple, David et moi. Un peu désinvesti. Curieusement tranquille. Loin de la passion des premières années. David a voulu reprendre sa liberté. Pour vivre quoi ? Je me le demande. Et moi ?

Je fixai encore Richard Taylor et une vague de découragement terrible s'abattit sur moi. Il n'arriverait rien. Il n'arriverait rien avec ce type. Je le savais. Il y a quelques années encore peut-être. Mais plus maintenant. Pourquoi ?

— Je me sens vieille, je crois. Plus vieille que je ne le devrais. Je n'ai pas très envie de vivre autre chose. J'étais bien avec lui. Vous trouvez ça médiocre ?

— Non, bien sûr que non.

— J'aurais aimé finir mes jours à ses côtés.

— Il est peut-être en train de se dire la même chose, vous ne pensez pas ?

— Pour savoir, il aurait fallu décrocher tout à l'heure et lui poser la question.

— Rien ne vous empêche de décrocher quand il rappellera et de lui poser la question.

J'approuvai les larmes aux yeux. Je me sentais bête et nue brusquement.

— Pardonnez-moi de vous raconter tout ça. Je ne sais pas ce qui m'arrive ce soir.

— Vous venez de le dire, je crois...

Richard Taylor me fixait avec un léger sourire, un sourire amical.

— Quand nous avons marché dans le jardin tout à l'heure, j'ai cru que j'allais vous draguer... Je l'ai sincèrement cru. Et puis, maintenant, je sais qu'il ne va rien se passer entre nous. Et vous le savez comme moi. C'est horrible, non? Découvrir qu'il aurait pu arriver quelque chose et que rien ne va arriver... Et vous savez, je n'ai pas envie de rappeler mon ex-mari plus que ça. Ou : pas tant que ça.

Les larmes coulaient cette fois. Je m'essuyai les yeux.

— Je pensais que ce serait autrement.

— Quoi?

— Tout!

— Je sais, dit Richard Taylor. Moi aussi. Vous savez pourtant que nous sommes capables de désirer beaucoup mais de vivre très peu.

— Salut!

Je fis un bond de ma chaise et me retournai, la main sur le cœur. Toby se tenait à l'entrée de la cuisine, son sac de voyage à ses pieds.

— Je t'ai appelée pour que tu viennes me chercher à la gare mais ça sonnait dans le vide...

Je me précipitai vers lui et le pris dans mes bras.

— Qu'est-ce que tu fais là, mon amour ? Je ne savais pas que tu venais…

J'embrassai ses joues rougies par le froid et relevai la mèche de cheveux blonds et mouillés qui dissimulait ses yeux.

— Papa était censé te prévenir…

— Nous nous sommes parlé entre deux portes.

— Je dérange ?

Toby toisa Richard Taylor. Je fis quelques pas vers la table.

— Non. Pas du tout, chéri. Je… Viens avec nous. Tu as faim ?

Il approuva et approcha. Richard Taylor se leva et lui tendit la main.

— Richard.

— Moi, c'est Toby, dit mon fils en serrant sa main énergiquement.

Je sortis une assiette et des couverts.

— Quelle bonne surprise ! Je suis vraiment désolée que tu aies dû faire le chemin à pied…

Toby prit place à table. Son regard allait et venait, cherchant manifestement à percer le mystère de cette soirée qu'il prenait en cours de route.

— Vous êtes traducteur ? demanda-t-il à Richard.

— Dis-toi que Mr Taylor a vécu son enfance ici, m'empressai-je. Alors il a sonné pour revoir la maison.

Toby acquiesça, vaguement perplexe.

— Mange. Tu dois avoir faim.

Mon fils nous adressa un regard soupçonneux et finit par entamer son assiette.

— Vous êtes d'où ?

— Londres, balbutia Richard.

Richard Taylor et moi formions un duo peu crédible devant l'adolescent, comme deux coupables pris la main dans le sac.

— Vous êtes ici pour le boulot ?

Richard hésita.

— Non, pas précisément. Je passais... En fait, je voyage pas mal ces temps-ci. Je fais le point.

— Le point ?

— Sur ma vie.

— Alors forcément vous êtes revenu ici.

— Plutôt que de continuer à errer... Et toi, tu fais tes études à Londres, c'est bien ça ?

Toby approuva en mâchant.

— Et je prends des cours de théâtre à côté.

— C'est nouveau, ça ? m'étonnai-je.

— Ouais.

— Tu joues quoi ? interrogea Richard Taylor.

— On fait des exercices de respiration. Et puis des scènes comme ça. Hier j'ai eu un monologue. Un truc de T.S. Eliot que maman aime bien... *The Waste Land.*

— Tu voudrais devenir comédien, Toby ?

— On se sent moins vide quand on joue un rôle, dit-il.

— Tu te sens vide ?

— Parfois.

— Ne croyez pas mon fils. Il a un caractère bien trempé contrairement à ce qu'il insinue.

Toby m'adressa une grimace affectueuse.

— Je vais vous laisser, déclara Richard brusquement et il se leva. Merci infiniment pour la visite. Et pour le dîner.

Je me levai aussi. Toby nous observait tout en engouffrant son plat.

— Vous êtes sûr ? Vous logez à l'hôtel ?

— Ne vous inquiétez pas.

Il prit son imperméable sur le radiateur mural et l'enfila.

— Ne vous dérangez pas. Je connais le chemin.

Il serra de nouveau la main de Toby, puis la mienne.

— Merci encore.

Il planta ses yeux dans les miens et je ne parvins pas à déchiffrer ce que ce regard voulait dire.

Il disparut dans le couloir. Je restai debout au milieu de la cuisine à suivre ses pas.

La porte d'entrée claqua.

— Drôle de type, marmonna Toby. Je vous ai dérangés, avoue.

Je m'assis en face de lui et me resservis un verre de vin.

— Tu picoles ?

— Ne dis rien à ton père.

— Qu'est-ce qui s'est passé avec ce type ?

— Il faudrait que je te raconte depuis le début.

— Il s'est donc passé quelque chose !

— Ne monte pas sur tes grands chevaux, non, il ne s'est rien passé de spécial.

Je bus une gorgée de vin.

— C'est juste que... Enfin, je me suis mise à lui raconter des choses... assez personnelles, tu vois.

— Sur papa et toi ?

— Entre autres.

— Et lui aussi ?

— Oui...

— Il te draguait ?

— Rien à voir, Toby. Il a passé son enfance ici, il a l'air de traverser une passe difficile alors il s'est mis à parler. Et moi aussi...

— Toi aussi, tu traverses une passe difficile ?

Toby émit un souffle brusque pour écarter quelques mèches de cheveux qui masquaient de nouveau ses yeux.

— Tu lui as raconté quoi ? Tu es folle de raconter des trucs à des inconnus !

— Comment va ton père ?

— Je croyais que vous vous étiez parlé ?

Il but une gorgée dans mon verre.

— Tu crois qu'il dort à l'heure qu'il est ?

— Papa ?

— Je devais le rappeler...

— Tu pourrais rester un peu avec moi.

— Oui, pardon. Je vais rester avec toi. Et je l'appellerai quand tu auras fini de dîner.

Toby continuait de me fixer avec un regard étrange.

— Tu es sûre que ça va, maman ?

J'acquiesçai, de nouveau les larmes aux yeux.

Toby se leva et se posta derrière moi. Il m'entoura de ses bras. Il sentait le chien mouillé. Je passai une main dans ses cheveux et tentai d'étouffer le sanglot qui montait dans ma gorge.

La lettre de Katherine Taylor

Le 4 juin 2001

Ma petite sœur,

La route est longue quand on n'a plus nulle part où aller.

Tu dois te demander où s'éternise ma cavale minable et pourquoi je prends la peine de t'écrire aujourd'hui. Qui sait d'ailleurs si cette lettre te parviendra ? Je l'enverrai à l'adresse londonienne que j'ai en ma possession, même si je suppose que tu as déménagé depuis le temps. Mais, après tout, les bouteilles à la mer n'auraient pas le prix qu'on leur attache si l'on était certain qu'elles arriveront un jour à bon port...

Tu me manques et tu ne dois pas m'en vouloir de te dire ça à toi. Je suis bien incapable de savoir si quelqu'un d'autre me manque. Je ne me suis pas montré suffisamment à la hauteur de ceux qui m'aimaient pour me permettre de les convoquer ici. Toi, c'est différent en quelque sorte. Et injuste pour les autres. Mais il en va ainsi dans toutes les familles. On distribue toujours notre amour de façon arbitraire. Ainsi tu me manques. Ton regard furieux me manque, que rien ne semblait capable d'assagir. J'ai toujours laissé s'ébrouer ta colère d'adolescente avec l'impression que tu portais une rage pour deux. Je n'étais qu'un lâche qui te laissait essuyer les coups et mener les combats que je n'avais ni le cran ni l'honnêteté d'assumer en mon nom. Je suis un con, chère petite sœur. C'est sans doute ce que tu te dis à mon sujet, après m'avoir admiré. Je comprends mieux d'ailleurs pourquoi je craignais tant ton admiration. De toute façon, j'ai toujours craint que quiconque m'admire. Moi seul pouvais pressentir l'imposteur.

Pour gagner, il faut perdre, dit-on. J'ai choisi de tout perdre et je crains de n'avoir rien gagné. Je fais sans doute partie de ces gens que l'on doit se résoudre à classer dans la catégorie « malentendu », je veux dire : de ces êtres que l'on invente et idéalise, sans doute parce qu'ils souffrent d'un cruel défaut de personnalité et accueillent, comme une pâte à modeler, les fantasmes de tout un chacun. Une fois le masque tombé, on admet que le coquillage sonne creux et qu'on n'y entend pas la mer mais le vide le plus absolu. La cristallisation entame alors sa machine arrière et le cœur est sans pitié, l'oubli s'abat comme un oiseau de proie. C'est justice, sans doute. Je ne t'en voudrais pas d'avoir statué sur le cas de ton grand frère.

Vous n'avez rien dû comprendre à la maison. L'enfant modèle qui bazarde et piétine tout... Tu me l'as assez souvent reproché : oui, j'ai été un enfant modèle, un adolescent modèle puis un étudiant modèle. Et tu as dû souffrir d'entendre maman vanter mes mérites auprès de tout un chacun. Et papa d'acquiescer avec cette discrétion embarrassée dont je ne saurai jamais quelle force de déni elle comportait. J'ai aimé ça, tu sais : être un modèle, faire tout ce qu'il fallait faire. Il n'y a rien de plus pratique dans la vie que de faire ce qu'on attend de nous. Rien de plus pratique pour passer inaperçu. Et avoir la paix. Et je l'ai eue, d'une certaine façon. Pendant longtemps. Alors bien sûr, il y a eu le jour du mariage. La vitre a subi un petit éclat ce jour-là mais je ne m'en suis pas alarmé. Je garde une image très précise. Et violente. Pendant le vin d'honneur, maman et papa sont venus nous adresser quelques mots gentils, à Susan et à moi. Il y avait de la fierté dans leur regard. Ils n'avaient jamais été plus heureux que le soir de mon mariage, je crois. J'avais tenu mes promesses, obtenu mes diplômes avec succès, et j'étais maintenant marié, nous aurions un jour ou l'autre un enfant... Ce jour-là, tu as dû définitivement cesser de m'admirer et je te comprends car j'étais bel et bien au paroxysme de mon aberration. Un petit éclat dans la vitre, disais-je, oh, presque rien : juste le regard de maman et papa, leur fierté... Bizarrement, tout ça m'a laissé exsangue, et terriblement angoissé, sans que je sache au juste où était la source de mon malaise. Bien sûr, ce soir-là, je n'étais aucunement en mesure d'admettre la vérité toute crue, à savoir que je les mimais et obéissais à cette machine à l'œuvre depuis tellement d'années, la machine à fabriquer le modèle. Et bien sûr, ce soir-là, je n'ai pas pu comprendre que j'avais déjà disparu, que le jeune et heureux marié n'était qu'un fantôme de lui-même. Je n'étais plus là, je n'avais jamais été là. Ce n'était pas moi. Avais-je un jour seulement été moi-même ? Si j'avais daigné tordre le cou plus tôt à cette perfection mortifère, je n'en serais pas là. Mais j'ai continué. Tête baissée, trop habitué à être comme tout le monde.

Je devais avoir une dizaine d'années. Nous vivions à l'époque à Minehead. Je m'étais piqué de peinture. Quoi : je barbouillais. Je me rappelle qu'un jour papa a débarqué dans la chambre. Il a dit : « Arrête tes saloperies et fais donc tes devoirs, cela vaut mieux. » Et lorsqu'il m'entendait martyriser mon piano, c'était une rengaine du même acabit. Je ne l'ai pas laissé longtemps m'humilier. J'ai tout laissé tomber et je suis devenu ce qu'il voulait. Chose dont il me gratifiait souvent d'un léger hochement de la tête. J'ai voulu devenir médecin, puis ingénieur, j'ai rêvé de réussir. J'énumérais à table les professions pour voir mon père hocher la tête... Je ne ferais plus jamais de « saloperies », je ferais ce qui « vaut mieux ». Ainsi fut fait. Comme une seconde peau qui avait remplacé la première avant même que j'aie eu mué. Comme un rôle de composition que je radoterais jusqu'à la fin de mes jours.

Il paraît que tout corps étranger finit par être expulsé à la surface de l'épiderme. Les kystes ou encore les balles que les soldats reçoivent.

C'est moi le corps étranger.

J'ai été expulsé de ma vie.

Ma petite sœur, voilà de longs mois que je voyage de ville en ville, il ne me restera bientôt plus un sou, et je ne croise que le désert. Car on ne voit de l'extérieur que ce que notre âme veut bien y projeter : alors c'est le néant que je traverse de jour en jour, toujours le néant. Comprends-tu ce que je t'écris ? Au fond, je ne te le souhaite pas. Je te souhaite de n'être jamais abandonnée par la vie comme je le suis. Je ne puis plus rien briguer aujourd'hui. Je ne veux rien. Mes mains traversent tout. Je ne sens plus rien. Que l'absence au creux de ma carcasse. Seul le remords et la culpabilité, peut-être, sont capables d'éveiller en moi quelque sentiment, comme la peau – toujours elle –

d'un grand brûlé auquel il ne resterait qu'une petite parcelle indemne : la paume de la main qui a servi à allumer le grand incendie.

La route est longue quand on n'a plus nulle part où aller, te disais-je. J'ai revu notre maison de Minehead. Je me suis demandé qui était cet enfant qui y a vécu. Et ce qu'il serait devenu s'il n'avait pas fait « ce qu'il faut faire ».

Ma petite sœur, tu me manques mais la vie est devenue impossible.

Je t'embrasse tendrement, petite Katherine.

Richard

La bonne volonté de Rebecca Swift

Je ne saurai donc jamais de quoi mon cœur est fait. Et je ne parle même pas de la carcasse qui l'enveloppe et lui est pieds et poings liés, obtempérant à tous ses caprices. Je suis une fille de bonne volonté mais j'ai beau chercher, je ne parviens pas à comprendre de quoi mon cœur est fait.

Du jour où Richard a disparu, il me semble que j'ai passé (perdu ?) beaucoup de temps à essayer des garçons, beaucoup de temps sans qu'un seul visage me touche. J'en vins même (c'est assez déplacé, j'en suis consciente) à jalouser Sarah qui avait coutume de tomber amoureuse tous les jours, j'ai honte de cette pensée mais je ne pouvais pas imaginer que Sarah mettrait fin à tout ça, je ne connaissais pas assez bien Sarah pour deviner qu'elle en arriverait là ; elle a dû atrocement aimer vivre et s'en trouver atrocement déçue pour vouloir mourir, sa violence était celle de l'amour, qui ne venait pas, laissant place à la cacophonie barbare de la guerre, car Sarah n'aura jamais parlé que de ça dans ses pièces : l'amour et la guerre, l'espéré et l'avéré. Et c'est bien cette pensée qui me vint à l'esprit lorsque j'entendis résonner à son enterrement le morceau des New Radicals. J'en vins à cette pensée qu'il y avait beaucoup de vie dans tout ça, y compris dans son geste final, et je ne pus m'empêcher de me demander si j'aimais autant vivre qu'elle avait aimé vivre : n'étais-je pas vaguement indifférente à l'existence comparée à Sarah qui l'avait rageusement congédiée comme l'on rompt avec la personne qu'on a le plus aimée sur terre parce qu'elle nous a trop déçue ? Je ne serais jamais capable d'un tel geste, découvris-je le jour de l'enterrement de Sarah en écoutant les New Radicals, parce que je ne suis pas de celles qui aiment désespérément la vie ; je l'aime modérément, tout juste ce qu'il faut pour trouver la force de me lever le matin et faire quelque chose de moi-même pendant les décennies qui me seront dévolues, mais pas plus. Je m'en veux d'avoir médité ces constats égoïstes pendant l'enterrement de Sarah ; du moins, m'aura-t-elle beaucoup appris de moi-même, sans le savoir. Sarah s'est butée. Vivre l'a tuée. Et moi, vivre ne me tuera jamais.

Ainsi, du jour où Richard a disparu, j'ai passé (perdu ?) beaucoup trop de temps à trouver toute cette comédie assez lassante et à attendre que mon cœur et ma carcasse veuillent bien se jeter dans les bras d'un garçon ; et là ont commencé les épisodes les plus pathétiques de ma vie car, disais-je, il y a des garçons que je laissais passer sans état d'âme, d'autres que j'essayais d'un regard perplexe, et puis ceux que j'ai essayés tout court.

« Mais comment fais-tu ? » demandais-je sans cesse à William qui s'est toujours inventé des histoires foireuses mais des histoires quand même. « Comment fais-tu ? », question entêtante à laquelle il ne répondait jamais alors je m'y suis essayée moi aussi. Et autant dire qu'il m'est arrivé de rencontrer des garçons charmants qui n'étaient pas contre tenter un petit quelque chose avec moi, et nous l'avons parfois tenté ce petit quelque chose, et ce fut à chaque fois une petite chose, vraiment, loin du chavirement rêvé, bonne à rien, pensais-je souvent.

Il y a eu Neil, entre autres, pauvre Neil, qui est bien mal tombé : notre petite chose a duré six mois, cinq mois de trop en somme. Richard avait disparu depuis un an, je n'ai plus de temps à perdre, m'étais-je persuadée, j'avais attendu trop longtemps, le cœur sec et vide alors, tombant sur Neil, j'ai cédé à la tentation : je me suis raconté pendant au moins un mois que j'étais amoureuse de lui, j'y ai cru, d'autant que Neil était très gentil, et assez ardent, jusqu'au jour où il m'est apparu qu'il était bien plus gentil que je ne l'étais, et bien plus ardent que je ne l'étais aussi ; certes, j'aimais m'endormir dans ses bras et trouver ce beau garçon chez moi le soir, mais j'aurais pu tout aussi bien ne pas m'endormir dans ses bras et ne pas trouver ce beau garçon chez moi le soir, il n'y avait là rien d'indispensable. De son côté, le pauvre Neil s'accrochait et c'est ainsi que j'ai vu le désastre courir vers nous à grandes enjambées, mais j'ai continué à me raconter je ne sais trop quoi, qu'il fallait « essayer », et que je finirais bien par prendre le train en route, mais ça ne se fait pas, on se rétame à coup sûr quand on tente de prendre le train en route, on ne se force à rien dans ce domaine, on perd même de sa gentillesse et de son ardeur, on devient une ingrate qui profite lâchement des bras d'un garçon comme d'un traversin. Je ne suis pas fière de tout ça, vraiment pas. Je l'aimais bien ce Neil, je l'aimais beaucoup, et il était plutôt très bien fait, et je me déteste à l'idée que je l'ai retenu six mois, un seul aurait dû suffire à dissiper le malentendu, mais quelque chose m'avait mordu à la jambe, je voulais être amoureuse, quelle drôle d'idée, on ne décide pourtant de rien en la matière, pauvre Neil, j'ai assez honte... Et je dois avouer qu'il est reparti plutôt fâché. Je me rappelle les dernières nuits, Dieu que je m'ennuyais, je le laissais faire et je me disais : c'est donc ça que des millions de femmes ont vécu pendant des siècles et vivent encore sans broncher... Égaré le vertige des premières nuits ; plutôt : ennui abyssal, mer étale, *exit* l'avis de tempête tant espéré... Il faut reconnaître que ce n'est pas chose aisée de dire à un garçon gentil et ardent qu'il aura beau faire de son mieux, rien n'y changera : je n'y suis pas, pardon, c'est un affreux malentendu que j'ai laissé traîner, décrochez-vous, cher garçon, fuyez ma morne plaine, c'est le désert qui vous attend, et me voilà seule de nouveau, à me cogner la tête contre les murs, si bien seule et sans regret, comment est-ce possible ? On m'avait pourtant assuré que la vie était impossible dans la solitude or moi, j'y arrivais assez bien et mes tentatives de duo sonnaient comme des coquilles creuses, je ne parvenais pas à m'enlever Richard de la tête, je forgeais même l'hypothèse odieuse selon laquelle je ne serais plus jamais capable d'aimer jusque-là, j'avais épuisé toutes mes réserves avec Richard, j'étais exténuée : l'ingrate au bois dormant roupille et aspire à n'être pas réveillée – quel noble et riche destin...

« Je ne tomberai plus jamais amoureuse », dis-je un jour à un psy, un parmi tant d'autres, car il faut préciser que j'ai essayé à peu près autant de psys que de garçons. J'allais consulter des psys pour leur dire : « Je ne tomberai plus jamais amoureuse et je ne m'en porte pas plus mal. Que faire ? » J'affrontais chaque fois des mines consternées. Je m'attardais des heures sur le souvenir encombrant et indépassable de Richard. « Va donc le retrouver », me disaient mes amies. « Il s'est évaporé dans la nature », répondais-je invariablement. « Le temps est ton allié », me répliquait-on alors d'une voix confiante. « Ta bonne volonté n'y fera rien, absurde volontarisme : l'amour reviendra quand tu ne t'y attendras pas. » Le temps, mon allié, j'étais bien avancée. C'est sans doute la raison pour laquelle j'ai décidé d'emménager avec Vanessa et William, j'espérais au moins être une colocataire de bonne compagnie à défaut de m'épanouir sous les traits de l'amoureuse transie, et j'ai cru comprendre que j'étais une assez bonne colocataire, nous avons loué une petite maison et il s'est avéré d'emblée que j'étais une assez bonne colocataire mais qui se couchait chaque soir seule dans son lit froid, ou si piètrement accompagnée, en dépit de la bonne volonté des garçons que j'essayais.

« Une passionnée parcimonieuse », c'est tout ce que je tirai de plusieurs années d'analyse. Adulée par son père, incapable de trouver le même sel ailleurs alors que les rues en sont émaillées à gros grains. Triste bilan. Que j'aurais pu me voir dresser par n'importe quel étudiant en psychologie.

Admettant par conséquent que mon père n'était pas mon

mari, que Graham et Richard étaient deux chapitres à jamais révolus dans ma vie, j'en vins à la conclusion affligeante que j'étais faite pour attendre un homme qui ne viendrait jamais. Je ne remerciai pas le ciel. Pas plus que je n'eus envie de me suicider. Il faut croire que les cœurs les plus désespérants sont ceux qui battent le plus longtemps.

Je ne comprends pas pourquoi il est communément admis qu'il ne faut pas coucher avec ses collègues de bureau. J'y pense rétrospectivement, car c'est bien par cette voie privilégiée que m'avait été offert Richard, et c'est par cette même voie que la Providence m'offrit un beau jour, précisément au moment où je ne m'y attendais plus (sur ce point, je donne au moins raison à la quinzaine de psys que j'ai essayés, ennuyés et épuisés), c'est, disais-je, par cette même voie, soi-disant proscrite, que la Providence m'a offert Martin.

J'y pense rétrospectivement et tout s'explique : je suis une lente, une cérébrale, appelez ça comme vous voudrez, j'ai besoin de temps – comme ce fut le cas d'ailleurs pour Richard – j'ai besoin de temps pour tomber en pâmoison et m'inventer un amour tenace, un désir tenace. Ça ne vient pas comme ça. Aussi dois-je conclure que j'ai passé (perdu) beaucoup trop de temps à m'y prendre de la pire des façons : il était absolument utopique que j'aime l'un de ces garçons croisés entre deux pintes et couchés dans mon lit dès le premier soir. Je ne suis pas fabriquée comme ça. Il me faut plusieurs semaines, plusieurs mois. Or on ne monopolise pas un garçon rencontré entre deux pintes plusieurs mois. On conclut l'affaire fissa. Ou pas. Vous voyez où je veux en venir : le contexte qui réunit toutes les conditions de possibilité de l'amour pour moi n'est autre que mon lieu de travail. Je suis navrée de m'en être aperçue si tard. Croiser, côtoyer pendant des mois, en tout bien tout honneur, un individu : voilà qui me laisse le temps nécessaire pour concevoir quelque amour. Ce qui implique donc de cesser de regarder ailleurs que là où il est communément proscrit de regarder : dans le bureau d'à côté. C'est d'ailleurs sur son bureau que Martin et moi fîmes l'amour la première fois.

Je connaissais Martin depuis cinq ou six ans. Je le trouvais sans grand intérêt et nous n'avions jamais fait que partager quelques pauses, commentant la frilosité de nos programmateurs. Bref, rien qui laisse la possibilité à Martin de se révéler sous son vrai jour, à savoir un homme qui allait sensiblement m'impressionner et me faire chavirer, sur son bureau, s'entend, et plus généralement dans la vie.

Je ne m'y attendais pas. Vraiment pas. Je ne m'attendais plus à rien en réalité. Et ne me demandez pas de vous expliquer les tenants et les aboutissants de ce grand revirement. Je ne sais pas. Je ne sais rien. Je ne sais qu'une chose : Martin.

Ce qui s'ensuivit fut tellement plus simple que je ne l'imaginais. Et tout aussi compliqué que je l'imaginais aussi. Mais ça fait une vie à deux. J'enfonce une porte béante mais, après tant d'atermoiements, j'avais perdu connaissance de ces menus faits qui font une vie à deux. J'avais perdu confiance, qui plus est, dans la simplicité des choses de l'amour. Ce qui s'ensuivit fut donc très simple. Et compliqué en proportion.

— J'aurais du mal à me passer de toi, dis-je un jour à Martin.

C'était un lundi d'octobre 2002, je m'en souviendrai toute ma vie. Je ne peux pas oublier ce matin-là. Et la journée qui s'ensuivit.

— J'aurais du mal à me passer de toi, lui dis-je.

Et il leva les yeux vers moi, sourcils froncés. Il engouffra une bouchée de bacon et mâcha, pas bien réveillé, ruminant ma remarque qui semblait lui paraître absurde.

— C'est tout ce que ça te fait?

— Tu veux dire quoi exactement par...

— Je dis que j'aurais du mal à me passer de toi.

— Et tu découvres quelque chose? Je veux dire : tu as l'air de découvrir quelque chose.

— Pourquoi pas?

— Au bout de deux ans de vie commune?

— Je me suis souvent posé la question. *Surtout* après deux ans de vie commune. Et maintenant je suis sûre de moi : j'aurais beaucoup de mal à me passer de toi. Je pense même que je ne pourrais pas.

— Je te remercie.

— Tu reprendras du café?

Il me lança un regard dépité et finit par acquiescer.

— Pourquoi est-ce que tu m'annonces ça ce matin? Deux ans de vie commune et tu m'annonces que tu ne peux plus te passer de moi. Je croyais... Comment dire ? Que c'était une affaire entendue.

— Hé bien, tu te l'étais inventé. Sauf erreur de ma part, tu ne me l'avais jamais entendu dire.

— Rebecca ?

Il s'était mis à cligner des yeux nerveusement.

— N'en fais pas toute une histoire, mon amour. Il y a deux ans, je t'ai dit que je t'aimais, je t'ai suggéré de venir habiter avec ma bande de branques, j'ai miraculeusement – excuse-moi du peu mais c'est tout à ton honneur – continué à t'aimer et aujourd'hui je t'informe – avec une solennité sans doute maladroite et à un moment manifestement mal choisi – que je ne pourrais plus me passer de toi, fruit d'une réflexion qui ne va pas de soi.

— C'est ton psy qui t'a mis tout ça en tête ?

— Je ne vois plus Helmut depuis six mois.

— Bonne nouvelle. Il m'a toujours semblé que ce type ne te réussissait pas.

— Tu dis ça parce que tu te poses moins de questions que moi.

Martin frissonna et croisa les bras sur son T-shirt froissé par la nuit.

— Arrêtons là, Rebecca. Ils vont débarquer.

— Vanessa ne se lève jamais avant midi et William a ramené un mec qui a dû le laisser exsangue.

Martin soupira profondément et détailla la cuisine, désappointé.

— Pourquoi tu fais cette tête ? On dirait que c'est la dernière fois que tu prends ton petit déjeuner ici.

— Tu me dis que tu m'aimes et brusquement j'ai l'impression d'être congédié ou de recevoir un préavis de licenciement.

— Je ne t'ai pas dit que je t'aimais. Ça, tu le sais depuis longtemps. J'ai dit...

— J'ai compris, Rebecca. Pourquoi est-ce que les choses tournent comme ça ?

— Comment ?

— Tu me fais une déclaration et ça finit par ressembler à une explication...

— Oui, je t'explique, effectivement. Puisque tu me le demandes. Nous nous expliquons. Mais ça vaut d'être souligné : il y a des tonnes de gens qui vivent ensemble mais qui pourraient très bien ne pas vivre ensemble... Contrairement à nous.

— Rebecca, tu es compliquée.

— J'ai horreur que tu dises ça. Je ne suis pas compliquée. Je suis complexe. Comme tout un chacun, si l'on se donne la peine d'y regarder de près. Il faut que je passe à la banque. Voilà quelque chose de compliqué. Tout ça à cause de Kjersti.

— Qui ça ?

— Kjersti. Ma banquière. Elle tient absolument à ce que je l'appelle par son prénom. Ne me demande pas d'où ça vient.

— Norvège ?

— Possible. Kjersti m'appelle tous les mois pour savoir si je veux placer mon argent. J'explique à Kjersti que cet argent me sert à vivre mais elle veut absolument que je le place.

— Normal. Elle est payée à la com', Rebecca.

— Je me doute. En attendant, elle me gonfle. Le mois dernier, elle a fini par hausser le ton : « Vous ne vous occupez pas de votre argent », m'a-t-elle sermonné. Je pense que cette fille est dépressive. La seule fois où j'ai eu besoin d'elle, elle était en congé maladie.

— Elle est peut-être très malade...

— Possible aussi. Du coup, elle m'engueule parce que je ne m'occupe pas de mon argent. Je n'engraisse pas sa banque, tu veux dire ! Alors j'ai haussé le ton à mon tour : « Je me fous de l'argent, lui ai-je dit le mois dernier. L'argent est une chose vulgaire qui me sert à vivre comme une voiture à conduire. Rien de plus. » Et elle m'a fait le coup de l'assurance maladie : « Vous verrez le jour où vous serez gravement malade. »

— Cette fille est gravement malade à l'évidence.

— Et maintenant Kjersti veut me voir pour une foutue merde de signature.

— De... ?

— Kjersti n'a que ça à foutre manifestement. Elle s'est aperçue que je n'avais pas la même signature sur ma carte d'identité et sur mes chèques. « Oui, j'ai changé de signature, Kjersti, ai-je admis. J'ai changé de signature à l'instigation de l'un de vos collègues qui m'a dit que la signature sur ma carte d'identité était un paraphe, signe caduc en terme de signature, alors j'ai changé de signature. » Et maintenant Kjersti veut que nous trouvions une solution. Je ne peux pas avoir deux signatures différentes, selon elle. « Ne me dites pas que je vais devoir aller faire refaire ma carte d'identité ? ai-je aboyé. — Hé bien signez vos chèques avec votre première signature. — Je ne peux pas, Kjersti : votre collègue m'a expliqué qu'il s'agit d'un paraphe, ce qui n'est pas valable en terme de signature. — Voyons-nous pour parler de tout ça. » Cette fille est dépressive ou maniaque, je ne sais pas. Cette fille a besoin de compagnie mais j'ai autre chose à foutre. J'ai une émission à préparer pour jeudi. « Y a-t-il une vie après la célébrité ? » Autrement plus grave. Je plaisante.

Martin me fixait, les lèvres légèrement entrouvertes.

— N'y va pas.

— Tu as raison. Je n'irai pas.

En ce lundi glacial d'octobre, je me rendis donc au bureau de Kjersti, non loin du petit appartement que m'avait acheté mon père et dans lequel j'avais vécu plusieurs années. Pourquoi ne pas avoir changé d'agence à l'occasion du déménagement ? me répétais-je avec regret sur le trajet. Parce que c'est l'une des formalités les plus ingrates et inutiles qui soient lorsqu'on déménage, me répondais-je en moi-même. Il y a tellement de choses à régler lorsqu'on déménage, il faut bien exercer sa négligence sur quelque chose. Alors voilà, je l'avais exercée sur Kjersti et son agence. Ainsi me rendis-je au bureau de Kjersti, bien décidée à expédier cette histoire de paraphe et de signature, pareillement déterminée à ne pas céder au chantage maladif que Kjersti ne manquerait pas de m'infliger à propos de mon argent, Kjersti s'était aperçue que j'en avais plus qu'avant, elle suivait vraisemblablement

« La vie survit » sur la BBC, l'argent que me rapportait ce programme devait de toute urgence engraisser son agence, voilà où se logeaient vraisemblablement les certitudes existentielles de Kjersti.

À peine avais-je passé la porte de son agence que j'entendis mon portable sonner. Je ressortis en trombe, fouillant mon sac, arrivant trop tard comme d'habitude. Martin cherchait sans doute à me joindre. Le petit écran de mon téléphone affichait toutefois un numéro que je ne connaissais pas. Je restai en arrêt devant l'agence, lorgnant vers la vitre derrière laquelle on pouvait apercevoir la silhouette de Kjersti, « l'argent est une chose vulgaire qui me sert à vivre comme une voiture à conduire, je ne suis pas intéressée par vos placements, Kjersti, laissons ces merveilleux investissements à ceux que cela passionne, j'en vois par pelletées qui passent leurs week-ends à dépiauter des pages économiques, à refaire leurs calculs et compter ce que recèle leur précieuse cassette, décidément ce n'est pas pour moi, désolée Kjersti, je suis très pressée et je vais vous laisser ». C'est alors que mon portable sonna de nouveau. Même numéro inconnu. Je décrochai.

— Rebecca, c'est moi.

Je restai sans voix. Figée sur le perron de l'agence.

— Rebecca, tu m'entends ?

Oui, je l'entendais évidemment. Cette voix qui n'avait pas résonné à mon oreille depuis quatre ans.

— Richard ?

— J'ai de la chance que tu n'aies pas changé de numéro...

— Richard, où es-tu ?

— Dans une cabine. Près de Hyde Park.

— Mais...

Les mots se dérobaient un à un dans ma gorge.

— Tu fais quoi, là ? interrogea-t-il.

— Je... J'allais chez ma banquière. Et puis, travailler.

— On peut se voir ?

Je répondis, les yeux dans le vague, projetée dans une autre vie et une autre moi-même :

— Dis-moi où. Je te rejoins.

Sa beauté s'était effondrée. Je ne pus m'empêcher d'être assaillie par ce constat au moment où il me prit dans ses bras et me serra. Cette beauté dont Richard n'a jamais eu réellement conscience (n'importe quel homme pourvu de cette beauté, et conscient de cette beauté, l'eût utilisée à toutes fins, je veux donc croire qu'il n'en prit jamais réellement la mesure), cette beauté avait laissé place à un masque cerné et légèrement bouffi, comme le reflet d'un miroir déformant.

— Alors tu es revenu ?

— Revenu ? Je ne sais pas... En tout cas, je suis là pour le moment.

— Tu veux que nous allions quelque part ?

— Marchons un peu.

J'acquiesçai, incapable de détacher mes yeux de son visage, cherchant encore et toujours les traces de sa beauté disparue. Cet effacement semblait d'autant plus cruel que sa voix n'avait pas changé, ni ses gestes lents qu'il accompagnait de longs silences.

— Et toi ? Que deviens-tu ?

Il me prit par le bras, le front penché vers mon visage.

— J'ai mon émission à moi, souris-je.

— Tu as enfin ton émission. Tu le mérites, je suis heureux.

— Tu... Tu ne l'as jamais vue ?

— Il y a longtemps que je n'ai pas regardé la BBC. Et quoi, d'autre ?

— Je suis amoureuse.

Il écarquilla les yeux, m'incitant du menton à poursuivre.

— Il s'appelle Martin. Nous vivons ensemble depuis deux ans.

Il lança un rire franc qui contredisait soudain ses traits fatigués.

— Tu es amoureuse !

D'une pression de la main, il serra mon bras, comme pour me féliciter.

— Tu vois que tout arrive. Toi qui disais avoir une noix à la place du cœur !

En l'occurrence, la noix eut un pincement déchirant.

— Et toi ? Où étais-tu ? Tu as des nouvelles de Susan et de ta fille ?

Son visage se rembrunit immédiatement.

— Tu en as sans doute plus que moi.

— Je n'en ai pas. Aucun de nous n'en a.

— Nous ?

— William, Vanessa...

Il soupira profondément.

— William, Vanessa..., répéta-t-il.

— Qu'est-ce que tu as fait pendant tout ce temps ?

— J'ai épuisé mes économies, sans jamais me fixer nulle part.

— Et tu n'as pas donné de nouvelles à ta famille ?

Il ne répliqua rien.

— As-tu travaillé ? As-tu aimé quelqu'un ?

Il releva les yeux vers moi et esquissa un sourire de contenance qui voulait dire : non et non.

— Que s'est-il passé dans cette tête, demandai-je et je donnai une petite tape sur son crâne.

— Toi, au moins, tu as avancé, tu es devenue quelqu'un. Ça suffit à me réjouir. Il y a un sacré bout de temps que je ne me suis pas réjoui, tu peux me croire.

— Alors tu as voyagé ?

— Pas bien loin.

— Suffisamment pour être à sec, c'est ça ?

Il approuva, les lèvres pincées.

— Rentrons dans ce café, proposai-je. J'ai froid.

Une fois installés, je sortis quelques billets.

— Rebecca...

— Ne discute pas.

Je les lui tendis.

— Je ne t'ai pas appelé pour te demander de l'argent.

— Si tu ne les empoches pas, c'est ma banquière qui me les volera d'une manière ou d'une autre.

— Je ne peux pas prendre cet argent.

Je glissai les billets dans la poche extérieure de sa veste.

— Qu'as-tu prévu à partir de maintenant ?

— Je n'ai rien prévu.

— Maintenant que tu es revenu...

— J'avais juste envie de te revoir.

— Tu n'as appelé personne d'autre ? Même pas Susan ?

Il fit non de la tête avec un air affligé.

— Tu n'as pas envie de connaître ta fille ?

— Je crois que je ne pourrais pas soutenir le regard de Susan.

— Pour ta petite fille...

Il avala sa salive péniblement.

— Peut-être que j'irai tout à l'heure.

Il eut un profond soupir.

— J'espère qu'elle a refait sa vie.

— J'imagine qu'elle n'a pas eu le choix...

— Je ne tenterai pas de me défendre, Rebecca. Ni devant toi ni devant elle.

Je fixai ces yeux délavés qui m'avaient paru si clairs et précis, il y a quelques années. Si tu savais, aurais-je voulu lui dire, combien je t'ai aimé, tu n'en as jamais rien su et je veux croire que ça te ressemble bien, finalement, de ne t'être aperçu de rien. Aujourd'hui, tu ne me croirais pas.

— Il faut que tu fasses quelque chose de toi, Richard. Tu ne vas pas encore repartir sans but.

— Penses-tu que les assassins qui sortent de prison peuvent s'inventer un but ?

— Je ne comprends pas ta comparaison. Et : oui, je pense que même les assassins finissent par s'inventer de nouveau un but.

— Non, ils rendent visite aux rares personnes dont ils savent qu'elles leur sont restées fidèles. Puis ils s'enferment loin de tout, là où ils ne connaissent personne et ils laissent le temps passer en ne donnant plus aucun espoir à personne. Ils ne laissent plus personne les admirer, ni les aimer.

— Mais pourquoi ne pourrais-tu pas te reconstruire une vie avec quelqu'un ?

Richard me fixait droit dans les yeux, comme si la réponse m'était déjà connue.

— Je dois aller au bureau, Richard. J'ai une émission à tourner. Veux-tu venir à la maison, ce soir ? Nous vivons en colocation avec Vanessa et William. Ils seraient tellement heureux de te savoir vivant. Ils ne te jugeront pas, tu le sais.

Richard sortit quelques pièces de sa poche et les déposa sur la table.

Nous sortîmes du café et fûmes saisis par le souffle glaçant d'octobre. La lumière était basse et grise comme à la tombée de la nuit.

— Merci, dit-il.

Il m'embrassa sur le front et héla un taxi.

— Appelle-moi, dis-je. Tu vas voir Susan ?

Il approuva, m'adressa un dernier regard et s'engouffra dans le véhicule. Son visage disparut derrière le reflet de la vitre.

Je passai la journée à guetter mon téléphone portable, qui resta désespérément muet. Au soir, je m'efforçai de donner le change, improvisant à grand renfort de détails le récit de mon soi-disant rendez-vous avec Kjersti. Puis je me couchai dans les bras de Martin, interdite et ébranlée.

— Tu as parlé de Richard pendant ton sommeil, me dit Martin le lendemain matin.

C'était un mardi d'octobre 2002, je m'en souviendrai toute ma vie. Je ne peux pas oublier ce mois d'octobre 2002.

Je levai les yeux vers lui sans savoir quoi dire. Il engouffra une bouchée de bacon et nous en restâmes là.

Je ne m'y attendais pas. Vraiment pas. Tout était tellement plus simple que je ne l'imaginais. Et tout aussi compliqué que je l'imaginais aussi. J'avais donc parlé de Richard pendant mon sommeil... Et j'aimais Martin. Le paraphe et la signature. Les deux à la fois. Je ne saurai jamais de quoi mon cœur est fait.

J'ai tout raconté à Martin le soir même. Je lui ai répété que je l'aimais. Mais voilà : Richard resterait un paraphe ineffaçable dans ma vie.

Il faut croire que les cœurs les plus mystérieux – compliqués, dirait Martin – sont ceux qui battent le plus longtemps.

Le lendemain, je trouvai un message confus et affolé sur le répondeur de mon téléphone portable. Richard pleurait. « Rebecca, il est arrivé quelque chose. » C'est tout ce que je réussis à tirer de ses balbutiements entrecoupés de larmes.

Et puis, plus rien.

TROISIÈME PARTIE

2005-2006

Les visites de Avalyn Danes

10 avril 2005

Comment ça, vous n'êtes pas au courant ? C'est arrivé mardi. Vous ne sortez plus, ma parole ? Vous voilà monopolisé par ces bégonias magnifiques, j'ai rarement vu des bégonias aussi impressionnants, il faut dire que tout crève dans mes mains, je n'ai pas ce talent-là, jamais pu faire survivre le moindre arbuste ; quant aux fleurs... je déteste changer l'eau des fleurs, a-t-on connu odeur plus pestilentielle que l'eau des fleurs (à part celle des macchabées sans doute) ? Je ne puis me résoudre à changer l'eau des fleurs, alors les fleurs meurent d'elles-mêmes, empoisonnées par l'eau croupie dans laquelle elles ont largué leur petit fuel nauséabond qui les condamne irrémédiablement comme le ferait un peu d'urine dans nos veines. J'ai donc renoncé à mon jardin ; contrairement à vous, je ne cultive pas mon jardin, j'espère d'ailleurs que la vue ne vous indispose pas trop, cette friche brouillonne à deux pas de chez vous... Si c'est le cas, j'en suis désolée. Mais quand j'y pense : il faut vraiment que vous soyez absorbé par vos gouaches et ces bégonias resplendissants pour ne pas être au courant, c'est arrivé mardi, tenez, un exemplaire du journal, je vous le laisse, ça pourrait vous inspirer quelques toiles, m'est avis. À ce propos, quand vous déciderez-vous à exposer ? Je ne comprends pas pourquoi vous vous obstinez à entasser ces toiles chez vous sans rien en faire. Faut-il que vous ne croyiez pas en vous ? J'aimerais tellement avoir les mots. Et vous persuader de votre talent. Mais vous balayez toujours mes remarques d'un geste modeste, cela vous ressemble bien. Vous me désespérez, mon ami. Quand on voit les croûtes qui s'exposent communément à la salle des fêtes de Sheerness ! Et ce doit être la même chose à Londres. Alors pourquoi pas vous ? Mais vous avez réponse à tout. Quoi qu'il en soit, je vous recommande vivement la lecture du *Sheerness Times Guardian*, ce n'est pas si souvent qu'il se passe quelque chose sur l'île. C'était mardi dernier : un homme d'une trentaine d'années, sorti de nulle part, que la patrouille de police a découvert en pleine nuit non loin du *White House*. Il déambulait, l'air égaré, dans un costume trempé, désespérément muet. Il a été admis à l'hôpital de Gillingham où l'on a vainement tenté de comprendre qui il est et d'où il vient. L'équipe soignante a tout essayé pour le faire parler et a fini par lui tendre une feuille de papier. Il a dessiné un piano à queue. On l'a alors conduit dans la chapelle de l'hôpital et il s'est mis à jouer *Le Lac des cygnes*. La presse le surnomme déjà Piano Man. On ne sait rien de lui et il prétend (par signes, voyez-vous, des moues confuses, des manifestations tristes et perplexes) être totalement amnésique. N'est-ce pas extraordinairement romanesque ? Ah, si j'étais romancière... Ça ne vous inspire rien à vous ? Pour une journaliste comme moi, c'est de l'or en barre. Mais je parle, je parle, et vos bégonias s'ennuient, je suis navrée de vous faire perdre votre temps, vos bégonias vous appellent, ils méritent une attention toute particulière, donnez-leur tout ce que je ne puis leur donner moi-même ! Vengez ces malheureuses plantes que j'ai fait crever en dépit de mes bonnes intentions ! Je file. Gardez le journal et on en reparle ! Mon petit doigt me dit que ça pourrait vous inspirer quelques toiles !

16 mai 2005

Votre rosier penche, mon ami... Non, non, ne coupez rien, mon Dieu... Oh merci, c'est adorable. Je vois tout de suite dans quel vase je vais la mettre. Elle n'aurait pas survécu très longtemps sur cette tige, vous avez raison. Et je vous promets que je changerai l'eau ! Après tout, une jolie rose comme ça ne peut pas polluer grand-chose dans un vase ! Ce serait comme soupçonner les anges de sentir le fauve ! Pardonnez-moi, c'est cette affaire qui me porte sur le crâne, nous allons tous devenir fous à la rédaction, oui j'ai des nouvelles fraîches, dont je comptais bien vous informer car vous m'êtes sympathique, j'espère que vous ne serez pas embarrassé par cet aveu, fort peu coupable, rassurez-vous : vous m'êtes très sympathique, et puis je partage bien sûr votre curiosité, je la comprends intimement, ce n'est pas tous les jours qu'il se passe quelque chose sur l'île. D'ailleurs je m'étonne toujours qu'un Londonien comme vous soit venu s'établir ici... Le jour où je vous ai vu débarquer au

White House, j'étais persuadée que vous aviez un but bien précis qui ne vous prendrait que quelques heures ; je pensais que vous repartiriez aussi vite que les autres, car on ne reste pas à Sheerness, vous en conviendrez : on se promène au pied du mur bétonné qui ceinture la mer et la dissimule ; approchant Minster, on aperçoit enfin la côte et voilà, on a tout vu, il n'y a là rien qui invite à s'attarder. Avant votre arrivée, je pensais qu'il fallait être né sur l'île pour supporter d'y vivre. Comme quoi. Combien sommes-nous à avoir cette vie-là, qu'ils doivent juger minable à Londres mais qu'on supporte sans trop de mal et c'est exactement à cette vie-là que vous aspiriez, n'est-ce pas ? Voilà pourquoi vous m'avez tout de suite paru sympathique, ils sont si rares les étrangers qui viennent à Sheerness pour y rester. Et ils peuvent penser ce qu'ils veulent, ces carnes du *White House*, la vérité est celle-ci : nous nous sommes reconnus, vous et moi, n'est-ce pas ? J'ai aussitôt lu en vous une telle aspiration à faire de votre vie cette douce retraite à laquelle je me suis moi-même toujours destinée. Rien qui me semble plus minable qu'autre chose. Voilà longtemps qu'ils me regardent comme une vieille fille, ces vautours du *White House*. Aujourd'hui encore, ils me pensent à l'affût, je me dois de vous en avertir : lorsque je m'arrête devant chez vous pour bavarder, soyez sûr qu'ils jasent, ils pensent que je veux jeter mon dévolu sur vous, absurde, n'est-ce pas ? À mon âge ! Il faut dire qu'on vous voit tellement peu en ville. Vous êtes auréolé d'un certain mystère, croyez-moi. Mais c'est une bonne manière de se faire respecter. Un esprit créatif comme le vôtre doit savoir protéger sa fertilité. La création exige le retrait. Mais je m'égare, j'allais vous parler de Piano Man, car j'ai des nouvelles fraîches : une conférence de presse a été donnée aujourd'hui. Piano Man vient d'être transféré à Little Brook et l'on n'a pas appris grand-chose de plus, sinon qu'il est dans « une grande détresse psychologique ». J'ai réussi toutefois à obtenir quelques renseignements auprès d'un aide-soignant que je connais. Une piste sérieuse a, semble-t-il, été retenue par les enquêteurs : celle d'un jeune pianiste français, originaire de la ville de Nice, qui a disparu depuis plusieurs semaines de chez lui… Si au moins cette sombre histoire pouvait donner quelques toiles… Je vous souhaite bien le bonsoir, mon ami.

31 mai 2005

Alors je me suis autorisée à arroser vos bégonias ainsi que les géraniums derrière la maison. J'ai hésité dans un premier mouvement, craignant que vos plantes ne crèvent entre mes mains comme toutes celles qui ont reçu mes soins mais j'ai finalement décrété que votre jardin survivrait, tel un enfant bien élevé et bien nourri : quelques jours de piètres traitements et de malnutrition ne suffisent pas à l'achever ! D'ailleurs vous voyez le résultat : le jardin a tenu bon. Ce qui ne m'a pas empêchée de m'inquiéter. Le jour où je me suis aperçue que les volets étaient restés fermés toute la journée, je me suis dit que quelque chose clochait. Si j'avais su, je serais venue vous rendre visite à Gillingham ! Comme vous avez dû vous sentir seul... Vous me direz, on se sent toujours seul lorsqu'on souffre de dépression. C'est même sans doute le symptôme le plus apparent de la maladie. Enfin, j'avoue qu'au bout d'une semaine, je me suis singulièrement inquiétée, personne ne savait quoi que ce soit en ville, j'ai vu votre bicyclette tranquillement posée contre le mur de l'atelier, comme si elle allait servir dans l'heure, alors je me suis dit : quelque chose cloche, tous les signes du départ précipité étaient réunis, j'ai craint qu'il ne vous soit arrivé malheur, je ne minimise pas votre dépression, cher ami, je sais ce que c'est, nous sommes beaucoup à avoir souffert de dépression sur l'île, et moi la première, mais j'ai craint que le diagnostic vital ne soit en jeu, voyez-vous. J'espère au moins que vous avez échappé à ces horribles traitements : électrochocs, camisole, et j'en passe... Je reconnais qu'ils font maintenant des médicaments très bien, de petites pilules qui suffisent à vous assommer et vous faire oublier l'ennui de vivre ; et quand on oublie de s'ennuyer, c'est déjà beaucoup ; quand on anéantit la pensée, c'est déjà ça de gagné sur la souffrance. Mais je parle à un connaisseur alors je ne vous apprendrai rien en la matière. Toujours est-il que je suis bien heureuse de vous revoir et bien contente de votre jardin qui se porte à merveille. J'espère que tout va aller pour le mieux et que vous allez reprendre vos gouaches là où vous les aviez laissées. N'oubliez pas : je ne tarderai pas à vous acheter un petit quelque chose. Tenez, je vous ai gardé un exemplaire du *Sheerness Times Guardian* daté d'il y a une semaine. Vous y trouverez quelques nouvelles de Piano Man. Il semblerait que notre homme s'appelle en fait Tomas Strnad. Il serait tchèque. Un quotidien de Prague a publié une vieille photo de classe. La ressemblance est frappante : *La dernière fois que Tomas Strnad a été vu, c'était dans une station-service de la banlieue de Prague. Michael Kocab (un rocker de sa génération) atteste qu'il n'avait pas l'air dans son état normal. Tomas Strnad lui aurait confié qu'il voulait partir à l'étranger faire carrière. Tomas Strnad est un garçon dérangé mentalement qui s'est déjà défenestré et a été interné en hôpital psychiatrique.* J'imagine que vous n'aviez pas le journal à Gillingham, on doit s'emmerder à cent sous de l'heure à Gillingham. Enfin, vous voyez : notre Piano Man déchaîne toujours les foules et fait l'objet de toutes les attentions, l'essentiel étant que vous soyez réapparu, mon cher ami, je commençais sérieusement à m'inquiéter. Prenez soin de vous et prévenez-moi le jour où Piano Man vous inspire quelque chose… Je suis preneuse…

25 août 2005

C'est de pire en pire, qu'en pensez-vous ? Les bégonias flétris, et les géraniums, quel carnage, si vous aviez vu les géraniums du temps de leur splendeur... Je me présente : Avalyn Danes. La voisine. Vous êtes le professeur MacLaggan, n'est-ce pas ? Il parle souvent de vous depuis son retour de Gillingham. Enfin, si tant est qu'on puisse estimer notre homme bavard... Vous connaissez l'animal. Un sauvage. Il ne sort plus du tout depuis le début de l'été, pour preuve : ce jardin sinistré qui va bien finir par ressembler au mien, sauf qu'un œil avisé remarque bien, je suppose, qu'aucun soin particulier n'y a jamais été apporté contrairement au sien qui ne vaut guère mieux qu'un champ de ruines à présent. Toujours est-il que c'est bien aimable à vous de vous être déplacée. La dernière fois que je l'ai vu, il m'a fait peur... C'était mi-août, il se tenait hébété au milieu de cette friche pathétique, un pinceau tout sec à la main ; on aurait cru un malade mental échappé de Little Brook. Je l'ai interpellé et il s'est approché à pas lents. Croyez-moi si vous voulez : il sentait. Ah, vous avez remarqué vous aussi ! Il n'a même pas de chat : c'est donc que l'odeur vient de lui... Sans compter qu'il boit. De plus en plus. Non pas que je surveille sa consommation mais, voyez-vous, nous sommes voisins, alors je vois : les cadavres. Les bouteilles. Il boit énormément. Ce n'est pas normal de boire comme ça. Et de se négliger de la sorte. J'y pense : vous a-t-il parlé de la « petite voix » ? J'ai l'impression de le trahir mais je ne peux pas faire l'économie de la « petite voix », c'est pour son bien, voyez-vous : notre homme m'a confié qu'il entendait la « petite voix ». La « petite voix » est plus ou moins présente selon les jours et les saisons. Il est tout à fait incapable de me dire ce qu'elle lui raconte mais une chose est sûre : elle lui fait peur. Je n'aime pas du tout cette histoire de petite voix, chère professeur. En tout cas, si je puis vous être d'une quelconque utilité, n'hésitez pas à me demander. Peut-être a-t-il besoin qu'on lui fasse la cuisine ou bien le ménage ? Et racontez-lui pour Piano Man. L'information sera officielle ce soir mais je ne résiste pas au plaisir de vous la livrer en avant-première, vous qui avez accueilli l'étrange bonhomme dans vos services : le mystère est tombé, Piano Man s'appelle Andreas Grassl et vient de Bavière. Il est arrivé dans le Kent par l'Eurostar depuis Paris. Le soir où la police l'a retrouvé, il cherchait à se suicider. Il venait de découvrir qu'il était homosexuel... L'État allemand l'a d'ores et déjà rapatrié chez lui. On ignore encore qui va payer les soins dont il a bénéficié à Little Brook. Après s'être interrogé avec passion à propos de l'identité mystérieuse de Piano Man, vous pouvez être sûre que l'Angleterre tout entière va le détester.

22 janvier 2006

Pork pie and mushy peas, ça vous va ? Sauf que j'ai bien peur de l'avoir raté. Il ne monte pas... Je ne sais vraiment pas ce qui se passe. J'ai bien envie d'accuser votre four, cher ami. Depuis combien de temps n'avez-vous pas fait fonctionner ce maudit four ? Vous savez que vous avez bien meilleure mine qu'hier ? Ne faites pas non de la tête, je vous assure que vous avez bien meilleure mine qu'hier. Pas de nouvelle de la « petite voix » ? C'est toujours ça de gagné. Regardez donc la une du *Sheerness Times Guardian*, ça devrait vous arracher un sourire, dans quel monde vivons-nous, mon Dieu... J'y pense : le professeur MacLaggan a rajouté un petit médicament de rien du tout qui devrait vous faire beaucoup de bien. Je vous demande pardon ? Je veux bien mais ne faites-vous pas confiance à votre psychiatre ? Comme vous voudrez... « Ce médicament est préconisé pour le traitement de la dépression unipolaire endogène. » Nous voilà bien avancés. Moi non plus je ne comprends rien à ce charabia. Prenez vos pilules et n'en parlons plus. Il ne faut pas lire ces notices, juste suivre l'avis de votre psychiatre. Rendez-moi ce bout de papier et arrêtez de vous mettre dans des états pareils. Si ce médicament était dangereux, votre psychiatre ne vous l'aurait pas prescrit, alors calmez-vous, et non : je ne sais pas en quoi consiste « un dérèglement du système hypothalamo-hypophysaire », pas plus que je ne peux situer la « glande surrénale ». Quant aux « troubles de la conscience, perte de la libido, risques cardiaques et comportements potentiellement dangereux », vous vous imaginez bien qu'il s'agit d'effets secondaires extrêmement rares ! Les industries pharmaceutiques sont bien obligées de recenser les cas d'école sans quoi n'importe quel abruti peut leur intenter un procès. Souvenez-vous de cette Américaine – ça ne s'invente pas – qui avait voulu faire sécher son chat dans le four à micro-ondes et fit exploser la malheureuse bête ! Elle engagea une procédure à l'encontre du fabricant et gagna son procès haut la main sous prétexte qu'il n'était pas indiqué dans la notice que l'engin ne devait en aucun cas héberger les animaux domestiques à la sortie du bain ! Alors vous voyez bien. Cessez de soupçonner la terre entière, je vous prie. Je doute que le professeur MacLaggan et les industries pharmaceutiques européennes aient mis un point d'honneur à avoir votre peau. Vous êtes un tantinet paranoïaque, si vous me permettez. Et de fort méchante humeur, aujourd'hui. Avez-vous au moins avancé sur cette « Épouse à la fenêtre » ? Vous étiez pourtant bien parti. Elle n'avait pas l'air très heureuse, cette épouse, mais vous étiez fort bien parti sur cette toile. Pourquoi faut-il que vous ne croyiez pas en votre talent ? Quand vous déciderez-vous à exposer tout ça ? Faudra-t-il que je vous traîne à Londres ? Et puis, ce n'est pas comme ça que vous allez rencontrer l'âme sœur. Quoi ? Qu'ai-je dit de si choquant, très cher ? Ne me dites pas qu'à trente-sept ans vous vous estimez condamné à mener une vie d'ascète, reclus dans votre atelier, les bourses moisies ? Mon *pork pie and mushy peas* ne monte pas. Je ne sais vraiment pas ce qui se passe. Mais prenons la une du *Sheerness Times Guardian* car je vois bien que je vous ai contrarié. « Londres pleure sa baleine. » Dans quel monde vivons-nous... Trois jours qu'ils nous cassent les oreilles avec leur histoire de baleine. Qu'elle crève et qu'on n'en parle plus ! C'est d'ailleurs ce qui est arrivé, j'espère ne pas vous briser le cœur avec cette regrettable nouvelle : « Malgré les efforts intensifs des sauveteurs, la baleine qui s'était égarée dans la Tamise est morte hier soir après avoir été prise de convulsions. » Pardonnez-moi, je dois m'arrêter quelques secondes, le ridicule de la situation me donnerait presque les larmes aux yeux. « Des milliers de personnes au bord du fleuve suivaient passionnément l'aventure du cétacé depuis vingt-quatre heures. » Il est loin le temps de notre énigmatique Piano Man. C'était autrement plus romanesque, non ? Et je vous interdis de vous inspirer de cette histoire de baleine pour l'une de vos toiles. Vous planteriez immédiatement votre carrière, croyez-moi. Si seulement vous vous décidez enfin à la lancer bien sûr... Cela étant, appréciez la taille de la baleine en première page, non pas la baleine en elle-même mais la taille de la photo. Écrasante, n'est-ce pas ? Vous remarquerez, par comparaison, le médaillon ridicule en bas de page à gauche... Ibrahim Rugova, président du Kosovo, décédé hier. En même temps que la baleine. Pas plus gros qu'une tache de café sur la page. Dans quel monde vivons-nous... Mais lâchons ce torchon, mon ami. « La vie survit » va bientôt démarrer. Il faudrait d'ailleurs que j'écrive à cette Rebecca Swift un de ces jours... Ne faites pas cette tête, je ne compte pas lui parler de la baleine ! Non, à vrai dire, je ne comprends pas que Rebecca Swift n'ait pas évoqué Piano Man dans « La vie survit »... C'est pourtant un sujet taillé pour elle, qu'en pensez-vous ? Il faudrait lui écrire... Allez, nous allons regarder « La vie survit » en dégustant mon *pork pie and mushy peas.* À en juger à travers la vitre du four, on dirait une baleine prise de funestes convulsions... À quand le *pork pie and mushy peas* foiré de Avalyn Danes à la une du *Sheerness Times Guardian* ? Je vous le demande. Nous le mangerons donc en l'état, mon cher ami, qu'importe le flacon pourvu qu'on ait l'ivresse, puis nous irons nous promener, qu'en pensez-vous ?

Le reportage de Rebecca Swift

— Mais tu voudrais le mettre où ! me demanda Vanessa.

— Dans notre chambre. Martin et moi, nous nous installerons dans la petite pièce du haut. Martin, chéri, qu'en penses-tu ?

Martin semblait totalement dépassé et se resservit un fond de whisky. William tendit son verre pendant que Vanessa tentait de ranimer le feu de cheminée à l'agonie.

— File-moi la lettre, dit William après avoir englouti son whisky.

Il la parcourut une énième fois.

— Cette femme est folle.

— Raison de plus pour tirer Richard de ses pattes.

— Comment a-t-elle bien pu avoir ton adresse ?

— Elle a écrit à la production.

— Mais comment tu vas justifier ça ?

— Je monte une émission sur les grands disparus de l'histoire : un reportage sur Piano Man, je me pointe là-bas, je persuade Richard de venir vivre avec nous et voilà.

Vanessa, William et Martin me fixaient, incrédules.

Vanessa finit par pouffer de rire.

— Vous l'imaginez comment, vous, Avalyn Danes ?

— Katy Bates dans *Misery.*

— Arrêtez de vous monter la tête. Richard n'est pas séquestré ! Elle s'occupe de lui, c'est tout.

— À son âge ? Il doit être dans un état de délabrement sacrément avancé pour avoir besoin d'une aide à domicile !

— D'après la lettre, il n'en est pas à son premier séjour chez les branques...

— Ça pourrait arriver à chacun de nous.

— Tu es d'une mauvaise foi inquiétante, Rebecca.

— Je peux avoir la bouteille de whisky ?

La tête de Martin s'enfonçait de plus en plus dans ses épaules, la moue de sa bouche semblait suivre la même trajectoire.

— Ça t'embête, chéri, de laisser notre chambre à Richard ?

— Il a une pension au moins ?

— Il ne s'agit pas d'un grabataire, William ! Chéri, tu as entendu ma question ?

— Oui, oui...

— Mais il vit de quoi ?

— On demandera à l'autre folle. Elle doit maîtriser le sujet depuis le temps.

— Rebecca ?

— Oui, chéri ?

— Non, rien.

— Et tu irais quand ?

— *On* irait quand ! J'aime autant vous dire que je vais

vous enrôler dans l'équipe de tournage. Pas question d'y aller seule.

— Même moi ?

— Non, chéri. Tu travailles, toi.

— Parce que nous... ?

— Enfin, vous comprenez bien ! Vous avez connu Richard contrairement à Martin.

— Si Richard vient habiter ici, je trouverais judicieux d'associer Martin dès le début.

— Je vais me coucher.

— Chéri ? Ça va aller ?

— Bonne nuit tout le monde.

— Il en fait une tête...

— Pas facile à encaisser.

— Je suis folle, c'est ça ?

— Tu as de beaux restes, voilà tout.

— Qu'est-ce que tu veux dire par là ?

— Tu partages la vie de Martin et brusquement tu lui annonces qu'un homme que tu as aimé passionnément va venir habiter chez nous.

— Si encore il accepte. Richard est en détresse.

— Katy Bates raconte peut-être n'importe quoi.

— Elle ne raconte pas n'importe quoi, ai-je annoncé. J'ai revu Richard, il y a quelque temps.

— Hein ?

— Pourquoi tu ne nous avais rien dit !

— Il était extrêmement mal. Je suis très inquiète. Il faut y aller. Avant qu'il ne fasse une connerie.

— Je crois que le feu est mort...

*

Avalyn Danes ne ressemblait pas du tout à Katy Bates dans *Misery*. En revanche, elle correspondait point par point à sa lettre : volubile, incroyablement envahissante, intarissable, insupportable.

Une fois l'interview terminée, elle nous informa que Richard avait été transféré à l'hôpital de Gillingham pour une « cure de repos ». Les symptômes de la dépression s'étaient accentués. Nous quittâmes Avalyn Danes sans regret et prîmes rendez-vous avec le professeur MacLaggan.

*

— Tout est question de distance.

Le professeur MacLaggan me toisa d'un air sévère. Je tâchai d'afficher une mine inspirée.

— La distance entre le patient et vous. C'est ce que je répète inlassablement à mes stagiaires pour qui c'est loin d'être une évidence et qui ont tôt fait de se laisser déborder par l'affect. Cela dit, je les comprends. La plupart des pathologies adolescentes ont de quoi déstabiliser. Le service de gériatrie attendrit nettement moins les foules, étonnamment. Alors c'est un critère que je prends en compte dans l'évaluation de mes stagiaires. Un cas d'autisme ne doit pas inspirer plus d'attention qu'une pauvre femme en fin de course. C'est ce qui a posé problème précisément avec l'arrivée de Piano Man dans notre service. Dieu merci, il a été rapidement transféré à Little Brook. Quand je repense à ce chambardement médiatique… Ils se seraient tous entretués pour pouvoir s'occuper de Piano Man. Mais commençons cette interview, si vous le voulez bien. Je n'ai pas beaucoup de temps à vous accorder.

Je pris ma respiration à deux fois.

— Professeur, je vais vous inviter à passer au maquillage pendant que mon équipe s'installe.

J'allai pour la présenter à Vanessa mais le professeur balaya ma remarque d'un geste expéditif :

— Oublions le maqui… Mais qu'est-ce qu'il fait ici, lui !

Je suivis le regard du professeur. Un homme se tenait à l'entrée du bureau, hébété. Ses lèvres entrouvertes proféraient des mots informes.

— Margaret ! hurla MacLaggan.

Une jeune aide-soignante apparut aussitôt derrière lui.

— Faites-moi sortir Mr York tout de suite ! Nous tournons. Raccompagnez-le dans sa chambre, envoyez-le au jardin, je ne sais pas.

La jeune aide-soignante entraîna le pauvre homme dehors. Je les vis s'éloigner, lui tête basse, d'un pas traînant.

Je me tournai lentement vers le professeur et tentai de dissimuler l'appréhension qui devait pourtant se lire sur mon visage. Qui sait si je n'allais pas retrouver Richard dans le même état ?

— Ce monsieur a quelque peu perdu la raison…

La feuille volante sur laquelle figuraient mes questions commençait à prendre la forme de mes paumes – froissée et trempée de sueur.

— Il va falloir songer à un énième traitement. Il était en bien meilleur état à son arrivée. Mais je vous fais perdre votre temps qui est probablement aussi précieux que le mien.

— Ce monsieur... que lui est-il arrivé exactement ?

— Visage fixe, discours monotone, élocution approximative. Je crains que nous ayons affaire à un cas de schizophrénie avancé. Les derniers résultats de sa psychothérapie cognitive ne sont pas encourageants.

Une vision épouvantable venait de me traverser l'esprit.

— Pratiquez-vous... les électrochocs ?

— J'ai toujours été opposée à cette pratique. Savez-vous qui a inventé ça ? Cerletti : sympathisant mussolinien. Inspirée de l'abattage industriel des porcs. Le génie souffle partout.

— Qu'arrive-t-il aux patients qui n'ont pas de famille ou...

— Faute de réclamations et d'améliorations patentes, nos patients finissent leurs jours à Little Brook. Ils font la ronde dans le parc en mangeant du cake aux fruits confits.

Je la fixai, effarée.

— Ça aurait pu être le cas de Piano Man, d'ailleurs, mais commençons cette interview, si vous le voulez bien.

— William, est-ce que tout le monde est en place ? Tu veux un essai voix ?

William m'adressa un coup d'œil fébrile, s'y reprit à trois fois et finit par accoucher d'un :

— On est O.K.

Vanessa se tenait près de lui, bras en croix, les doigts accrochés au tissu de sa veste.

Je tentai de me concentrer et laissai un moment mon regard aller sur les murs du bureau. Je me redressai brusquement comme sous l'effet d'une décharge électrique. Le professeur se retourna pour identifier la source de ma stupeur et se mit à observer la toile à son tour.

— Vous aimez ? *L'Épouse à l'enfant.* Offerte tout récemment par Mr Taylor, un patient que j'ai reçu en cure de repos et qui s'est volatilisé sans laisser d'adresse... Autrement plus intéressant et singulier que l'art de Piano Man dont on a très largement surestimé les performances musicales. Je n'ai pas vraiment compris l'engouement populaire que ce garçon a provoqué. On a connu des cas cliniques plus passionnants. Mais ne le prenez pas mal, car j'imagine bien que Piano Man vous intéresse un minimum si vous êtes là. Mr York, pour la dernière fois, foutez-moi le camp !

Je me forçai à fuir le regard de William et Vanessa, me contentant d'inspirer, d'expirer... Pourquoi m'étais-je infligé cette journée affreuse ? Pour Richard, me répétais-je. Pour lui. Qui avait fui ces murs et que je ne retrouverai vraisemblablement jamais, je le savais à présent. J'eus envie de tout envoyer foutre, arrêter l'interview avant même de l'avoir commencée.

— Où est Margaret ? tonna le professeur. Mr York, arrêtez de fixer miss Swift et son équipe comme ça, c'est tout à fait inconvenant. Oui, c'est la dame de la télé ! Vous voyez, Mr York, que votre mémoire n'est pas si infidèle quand vous voulez. Je suis désolée, miss Swift.

Je clignai nerveusement des yeux, puis tentai de fixer le

professeur, bien consciente toutefois qu'aucune tentative de ma part ne contribuerait plus à donner le change.

— Margaret va raccompagner ce patient dans sa chambre. Et l'heure qui file avec ça...

La voix de William retentit dans la salle comme un salut :

— Rebecca, tout est O.K. Si vous voulez bien commencer.

— Oui, commençons cette interview, miss Swift.

Elle se pencha vers moi :

— Vous devez frissonner d'horreur quand on vous appelle la « dame de la télé », n'est-ce pas ?

— Professeur MacLaggan, si je devais être très honnête, je dirais que...

Je laissai ma phrase en suspens, gorge nouée, et passai une main tremblante sur ma joue où quelques larmes avaient déjà entamé leur descente.

— Commençons cette interview, prononça-t-elle avec une voix qui aurait pu sembler menaçante. Puis nous prendrons quelques minutes pour parler seule à seule, miss Swift. Car il me semble que vous n'avez pas grand-chose à faire de Piano Man ou je me trompe ? Depuis que je vous ai parlé de la disparition de Richard Taylor, je vois bien que vous avez deux ou trois choses à me raconter qui ne concernent absolument pas Piano Man. Sauf erreur de ma part.

Le passager de Lisa Reynolds

Ça m'arrive rarement. Juste une fois de temps en temps. Je me souviens de ce garçon prénommé Toby. C'était sur la route de Minehead. Je n'avais pas rencontré Stephen à l'époque. Je me sentais seule à crever. Plus seule encore sur les routes que chez moi. Il s'appelait donc Toby. Il devait avoir dix-huit ans. Il allait en week-end chez sa mère et s'était fait détroussé à Victoria. Il errait à l'entrée du parking où j'avais garé ma voiture et cherchait à joindre son père. Je lui ai proposé mon téléphone portable et j'ai fini par l'emmener : j'allais justement démarcher un hôpital des environs de Minehead, armée de mes prothèses dernier cri, genoux, hanches, un amas d'articulations de tous les formats qui s'entassaient à l'arrière de la voiture et inspirèrent à Toby une vague répulsion lorsqu'il prit place côté passager. Moi, je les trouve plutôt belles mes prothèses. Normal, c'est mon métier. Toutes proportions gardées, je connais des garçons d'amphi qui se félicitent après avoir travaillé sur certains cadavres : « J'ai fait un beau corps », disent-ils avec la satisfaction de l'esthète. De véritables bijoux, mes prothèses. Toby, disais-je. Certes, il me fut quelque peu difficile, pendant le voyage, d'oublier la différence d'âge qui me séparait de lui. Mais Dieu qu'il était beau. Il dégageait quelque chose d'incontestablement sexuel. Il portait des Converse sans chaussettes qui laissaient apparaître sous le revers du jean un peu de sa peau bronzée. T-shirt blanc élimé. Des cheveux très blonds. Coiffés en désordre. Une barbe parcimonieuse. Le cliché du beau gosse un brin rebelle et négligé ; pour la peine, j'avoue n'avoir rien contre certains clichés... J'aurais été capable de faire des détours absurdes pour rester un peu plus longtemps avec lui. Nous avions tout d'abord parlé théâtre. Toby prenait des cours à Londres. Il avait fouillé son sac et brandi une pièce de Sarah Kane. Son professeur lui avait demandé de travailler une scène de *L'Amour de Phèdre*. « Vous connaissez ? » Je ne connaissais pas. « C'est trash mais ça me plaît. Je joue Hippolyte. Un prince crade qui mate la télé toute la journée et baise tout ce qui bouge. Ça vous choque ? » J'avais souri et j'avais dit que non. Il m'avait lu certains passages. Ça allait assez loin effectivement. Il s'arrêtait régulièrement pour mesurer l'effet de ses répliques. Nous avions parlé musique aussi. Toby ne semblait aimer que les suicidés, désaxés ou autres chanteurs disparus tragiquement : Elliott Smith, Kurt Cobain, Jeff Buckley... « Il te manque le père, avais-je fait remarquer. — Qui ça ? — Tim Buckley. — Il chantait, lui ? — Oui. Et il s'est foutu en l'air. — Ah. » Ces goûts artistiques (ou du moins le prisme complaisant qui semblait lui servir de critère d'élection) témoignaient d'un sérieux reste d'adolescence, mais Toby m'attendrissait et la charge sensuelle qu'il dégageait me rendait très indulgente. « Vous avez l'air de vous y connaître en musique. — Pas plus que ça. Je suis sortie un moment avec un guitariste. Il m'a fait connaître un certain nombre de choses. Depuis qu'on s'est séparés, j'ai l'impression de ne pas avoir avancé... Mais on peut dire que j'ai un bon stock. » J'avais enclenché un C.D. de Love. « Ne me demande pas comment ils sont morts. Qui sait d'ailleurs s'ils ne sont pas encore vivants... » Il s'était allumé une cigarette que nous avions partagée. Je l'avais laissé devant la maison de sa mère. « Prends le C.D. de Love. En souvenir. » Il avait hésité avec un air emmerdé : « J'ai rien à vous donner en échange... Et le livre de Kane, je dois bosser dessus ce week-end. — Alors donne-moi une de tes cigarettes. Les échanges n'ont pas nécessairement besoin d'être équitables. » Toby. Je pense à lui quand je passe dans le coin de Minehead. Forcément, je ne l'ai jamais revu. Il m'arrive parfois de guetter le bord de la route, de suivre des yeux la silhouette d'un adolescent dans le parking de Victoria...

Tout ça pour dire que je prends très peu d'auto-stoppeurs. La trouille sans doute. Et la flemme aussi. Pas envie de faire connaissance, s'engouffrer dans l'inconnu et devoir fatalement commencer par le début avec l'impression de reprendre de zéro pour la millième fois. Déjà que je m'y colle à longueur d'année dans le cadre de ma profession... Affable, commerçante, commerciale. Une fois réfugiée dans ma voiture, j'aspire à me taire. Alors je ne sais pas pourquoi je l'ai pris, lui. Peut-être parce qu'il pleuvait. C'était à la sortie de Stratton, en revenant de Bude, dans la grisaille d'un mois de janvier. J'aurais pu faire monter un chien errant tant la pluie était glaçante.

Rien à voir avec Toby. Il devait avoir mon âge. Un sac aussi maigre que lui pendouillait sur son épaule gauche. Il marchait la tête penchée vers le sol. J'ai ralenti à sa hauteur et j'ai baissé la vitre après avoir fait taire l'autoradio. Il m'a adressé un regard indifférent et n'a rien dit. Il a continué à avancer et moi à rouler en première.

— Je vous dépose quelque part ?

Il a avisé l'horizon, ligne décourageante et battue par la pluie. J'ai immobilisé la voiture. Il a fait encore quelques pas et s'est arrêté à son tour. Il ne s'est pas retourné tout de suite, semblant réfléchir à je ne sais quelle alternative. Puis il a fini par monter.

— Vous allez où ? a-t-il demandé d'une voix un peu étranglée, la voix de ceux qui n'ont pas prononcé un mot depuis plusieurs heures.

— Londres. Et vous ?

Il a mis un moment avant de répondre.

— Swindon.

Et il a fixé son regard sur la route.

— J'ai de la musique si vous voulez.

Il a haussé les épaules.

Pas la porte à côté Swindon... Oui, je me suis surprise à regretter Toby. On ne peut pas tirer le bon numéro à chaque fois.

— Beatles, ai-je commencé à énumérer. Suede... Ah, un jeune Américain épatant : Sufjan Stevens. Ou bien...

— Oui, le dernier, ça ira.

— Ce type a décidé de faire un album par État américain. C'est dingue, non ?

— J'ai le choix entre quoi et quoi ? a-t-il interrogé, et ce fut la première fois qu'il esquissa un quart de sourire.

— Michigan ou Illinois.

— Tant que ce n'est pas le Texas. Choisissez ce qui vous fait plaisir.

La voix ténue et le banjo de Stevens sont venus habiller le silence. Je n'ai pas l'impression que mon passager écoutait vraiment. Pas plus qu'il ne regardait le paysage qui défilait derrière la vitre. Il était ailleurs. Pas spécialement préoccupé mais ailleurs. Comme si c'était là son état normal. Je tournais de temps à autre le visage vers lui. Sa nuque restait raide et inflexible. On a fait quelques miles comme ça, qui m'ont paru interminables.

C'est lui qui a brisé la glace. Nous arrivions à la hauteur de Holsworthy. Les yeux arrimés droit devant lui, il a murmuré :

— Vous êtes londonienne.

— Kensington. Mais je suis toujours sur les routes.

— Représentante ?

— Je vends des prothèses.

Il m'a lancé un regard furtif.

— Vous trouvez ça bizarre ? ai-je supposé.

— Bizarre, non.

Je l'ai laissé continuer. Il n'a pas continué.

— Alors ?

— Je ne sais pas, a-t-il dit. Des prothèses. Voilà. C'est comme ça.

— Et vous ? Vous faites quoi à Swindon ?

— Je vais chercher du travail, a-t-il répondu.

— Mais vous habitez là-bas ou… ?

Cette fois, il s'est tourné franchement vers moi.

— Je sors de cure.

Ça m'a laissée un peu bête.

— J'avais déjà fait une cure de repos dans le Kent lorsque j'habitais Sheerness. Mais là, c'était plus grave. Je buvais.

Il est resté songeur un moment.

— À présent, je n'ai plus le droit de toucher à une goutte d'alcool. Sinon je replonge. C'est difficile d'imaginer toute une vie sans alcool.

— Je peux comprendre… Je ne suis pas contre un petit verre de temps en temps, ai-je fait remarquer, bien consciente que c'était une phrase creuse qui dissimulait mal mon embarras.

— Je n'en étais plus à un petit verre de temps en temps. Je buvais tout le temps. Au début, je buvais pour m'assommer et trouver le sommeil. Et puis, j'ai commencé à boire pour trouver le courage de rester éveillé et de supporter tout ça.

— Vous entendez quoi par… « tout ça » ?

— Vous m'avez parfaitement compris.

Oui, cet homme devait être profondément désespéré. Quand on se met à raconter le pire comme le plus intime à n'importe qui, c'est qu'on est en bout de course.

— Vous êtes mariée ? a-t-il demandé.

— Je vis avec quelqu'un.

— Oui, c'était le sens de ma question. On s'en fout, marié ou pas.

— Pas vous, si je comprends bien...

— J'ai essayé. Comme tout le monde. Pas très concluant dans mon cas.

Il eut un air très grave brusquement.

— Je ne voudrais pas vous plomber avec ma musique...

— Je ne crains rien.

— La trompette est un peu funèbre sur ce morceau...

— Il a le mérite de jouer franc-jeu au moins, votre Stevens.

Ce type m'angoissait. Il ne me faisait pas peur. Je ne craignais pas d'être tombée sur un maniaque qui allait profiter d'une aire d'autoroute pour me trucider. Juste : il paraissait tellement loin, non pas amer ni revenu de tout comme les cyniques (qui sont, à mon avis, les êtres les plus susceptibles de s'accommoder de tout et de vivre dans une paix relative), non : il semblait flotter dans un au-delà de la tristesse et du découragement. Avec une certaine douceur. Qu'est-ce qu'il y a après la tristesse et le découragement? Je pensais qu'il y avait le suicide... Mais non, ce type allait à Swindon, il s'apprêtait à chercher un job, selon ses dires, il continuait à vivre. Péniblement mais : vivre. Je suis toujours étonnée par ces êtres qui ont tout pour céder et ne cèdent pas. Qui ont tout pour se traîner à genoux mais se tiennent encore debout.

Nous nous sommes tus. J'ai écouté un moment Stevens, sans plus me soucier de mon passager. Quand j'ai tourné les yeux vers lui, il dormait, la tête calée contre la vitre.

Aux dernières mesures de l'album, il a sursauté. Il a lancé quelques regards dans l'habitacle. Puis il m'a fixée.

— Toujours votre Stevens ?

— Non, là c'était un vieux truc d'Elvis.

— Je me disais bien.

Il a laissé courir quelques secondes.

— Alors on écoute encore ça...

— Moi oui, ai-je ri. Même si c'est ringard. Ça me rappelle mon enfance.

— Vous êtes d'où ?

— Eastbourne.

— Pas très loin de chez moi. J'ai vécu à Brighton après Minehead.

— Minehead ? ai-je lâché dans un léger sursaut.

— Oui, pourquoi ?

— Je vais parfois bosser dans le coin...

— Bosser, a-t-il répété. Vous parlez comme une jeune fille amoureuse. Il est de là-bas, votre ami ?

— Oui, c'est ça, ai-je menti.

— Alors il se peut que je le connaisse... Je connaissais toutes les familles à Minehead.

— Je ne pense pas. Il en est parti très jeune.

— J'aime bien ce genre de coïncidence. Ça redonne un peu d'espoir parfois.

Mon passager s'est penché vers le panneau au-dessus de nous.

— Vous pouvez me laisser là ?

— Taunton ? Mais c'est encore loin de Swindon...

— Oui.

Je ne savais pas quoi dire.

— À l'entrée de la ville, ça me convient.

J'ai roulé en silence. C'est affreux mais je n'étais pas mécontente de le lâcher là. J'avais envie d'être seule. Finir le trajet en pensant à Stephen qui m'attendait à l'appartement. Nous étions vendredi. Un week-end glacial nous attendait. Nous le passerions au lit ou emmitouflés sur le canapé à lire, déplier et replier le journal, regarder des films... À un moment donné, nous ferions l'amour aussi. Ce serait d'une simplicité désarmante, cette même simplicité dont je m'étonne tous les jours qu'elle n'ait pas perdu de son épaisseur et de sa beauté. C'était un peu effrayant de penser que tout ce qui m'attendait à Kensington et me tenait en vie, mon passager y avait manifestement renoncé. Qui aurait pu expliquer la raison pour laquelle une ligne de démarcation nous séparait radicalement ? Pourquoi sommes-nous si inégalement doués pour la vie ?

— Voilà... ici. Je vais bien trouver un bus pour rejoindre le centre.

Je me suis demandé ce qu'il allait devenir. Rien d'autre peut-être que ce qu'il m'avait montré de lui.

Il m'a tendu la main.

— Merci. C'était très gentil de me proposer le voyage.

— Je vous en prie, ai-je répondu machinalement.

Pauvre type quand même, j'ai pensé.

Et que devais-je lui souhaiter ?

— Bon week-end.

Il a claqué la portière et j'ai redémarré.

Je l'ai regardé disparaître dans la petite glace du rétroviseur et je me suis aperçue que nous n'avions même pas pris la peine de nous présenter.

ÉPILOGUE

2002

Le contentement de Jennifer Wilson

Je ne sais pas dans quelle langue tu veux l'entendre ou veux-tu que je te le chante ? Sache une bonne fois pour toutes que je suis très heureuse comme ça. Tu t'attendais à quoi au juste ? Non, par pitié, ne me dis pas, tu vas me blesser inutilement. La vérité, c'est que tu ne me connais pas. Ou très partiellement. Alors ne viens pas m'expliquer, du haut de ta supposée omniscience, que tu m'as percée à jour ! Je suis très heureuse comme ça et je regrette que ma vie te paraisse si glauque. Tu remarqueras que je ne te juge pas, moi. Je t'imagine très épanouie, flanquée de ton mari et de tes deux enfants, je ne te juge pas, vois-tu, alors j'attends de toi en retour que tu ne me plaignes pas, je te prie d'abandonner ce petit air de commisération, tiens-le-toi pour dit : tu ne me connais pas. Une célibataire de trente ans peut être très heureuse, vous m'angoissez, toutes, avec votre sacro-saint cap des trente ans, je ne vois pas où est le problème. Je vis très bien avec moi-même et les plages de solitude que je connais entre deux liaisons me comblent. Parce que oui, il m'arrive d'avoir des liaisons, parfois même des histoires, excuse-moi du peu, je suis navrée de t'apprendre que tu ne sais pas tout, j'aime bien parfois garder certaines choses pour moi, et ne fais pas cette mine, je vois bien que ton premier mouvement est d'être vexée, je ne t'ai pas tout dit car vois-tu : je revendique le droit de vivre dans un autre monde que celui de Bridget Jones. Tu es mon amie mais je ne te dis pas tout, l'amitié n'a jamais été proportionnelle à la transparence infecte ou, tout du moins, tristement banale qui nourrit les conversations entre copines. Il me semble avoir l'élégance de réserver des mets un peu plus délicats à mes amies, alors non tu ne sais pas tout, et alors ? Les amies manquent cruellement d'imagination. Les amies s'entêtent à vouloir plaindre la pauvre et pathétique célibataire, sans imaginer une seconde que ladite nonne a vraisemblablement une vie qu'elle ne daigne pas partager. Alors, découvrant le méfait, les amies se déclarent meurtries ou trahies de n'avoir pas été tenues au courant dans les plus brefs délais. Elles finissent par reconnaître qu'elles t'ont crue frigide puis lesbienne. Rien de tout ça, merci au passage pour les lesbiennes, non, rien de tout ça, juste : la pudeur. Tu sais, cette chose devenue rare au point de passer pour quasiment subversive. Mais attention : personne n'a dit que tu n'étais pas digne d'être dans la confidence. Juste : la pudeur. Alors non, je ne t'ai pas présenté Philip, Philip est à présent sorti de ma vie et tu ne l'auras jamais connu, où est le crime ? Remarque : s'il avait fait plus long feu, j'aurais été ravie de te le présenter, mais ça n'a pas été le cas, notre relation s'est avachie en quelques semaines, alors j'ai préféré ménager nos montures, nous orchestrerons le grand show lorsque j'aurai l'intuition que la fête n'aura pas été donnée en l'honneur d'un feu de Bengale, mais pourquoi est-ce que je te parle de Philip ?, garçon très gentil au demeurant et dont je n'étais que très modérément amoureuse, pourquoi est-ce que je te parle de lui, nous évoquions la masturbation, et puis nous avons dévié sur mon célibat qui a l'air de t'effrayer au plus haut point. N'aie crainte : personne ne te demande de vivre ma vie. En revanche, je t'interdis de balayer d'un geste compassionnel ce que tu imagines d'elle, qui n'est pas si triste que ça, entre deux liaisons. Et pour revenir à ce qui t'intriguait, à savoir ma sexualité entre deux liaisons : oui, je me masturbe. Je suis de plus en plus vaginale d'ailleurs. J'ai découvert ça récemment. On est spontanément et couramment clitoridienne. En ce qui concerne le plaisir vaginal, c'est un travail. Comme la sodomie. Ça te gêne que je parle de mon vagin et de mon sphincter, ou est-ce que je parle trop fort ? Excuse-moi, je vais me faire plus discrète. Donc je me masturbe entre deux liaisons, tout ça est très sain, me semble-t-il, et je repense toujours à la phrase de William Blake : « Le désir, quand il n'est pas suivi d'action, engendre la pestilence. » Alors voilà : j'agis. Et je suis très heureuse comme ça. Parce que très franchement : si c'est pour finir comme mes voisins, très peu pour moi. Je t'ai parlé de mes voisins ? Laisse-moi te dire une chose : j'avais rarement vu un couple aussi angoissant. Je sais ce que tu vas me dire : c'est un jugement de valeur ; alors oui, j'avoue, il m'arrive de porter des jugements de valeur moi aussi, mais, vois-tu, je me permets cette entorse à mes principes philanthropes pour une bonne et simple raison : l'histoire ne m'a pas donné tort. Tu te souviens que le mari a disparu, il y a quatre ans ? L'intuition est parfois bonne conseillère : il m'avait suffi de les croiser dans l'ascenseur pour ressentir le degré de glaciation dans lequel ils croupissaient, tous les deux. Ça se voit une vie en creux sur un visage. Je songe, d'ailleurs, à ce que tu aurais dû lire dans mes yeux depuis longtemps si tu avais eu un tant soit peu d'intuition (je dois te dire que tu as très peu d'intuition, je le pense depuis très longtemps te concernant), tu aurais dû remarquer mon visage radieux au lieu de t'inquiéter pour moi, tu aurais dû te dire : « Tiens, Jennifer doit avoir une liaison en ce moment », ou bien : « Jennifer s'est masturbée la nuit dernière. » Mais tu n'as pas vu la satiété dans ma rétine, tu n'as pas voulu croire que j'étais heureuse, parce que tu n'es pas heureuse toi-même, qu'en penses-tu ? C'est ce que je cherche à t'expliquer à propos de mes voisins, même si je ne te souhaite vraiment pas d'en arriver là : j'ai tout de suite vu qu'ils n'étaient pas heureux et que leur couple était en fin de course. Pas besoin de les connaître pour ça. Je vais te dire une chose : il arrive qu'on se trompe bien moins sur les gens quand on ne les connaît absolument pas. L'amitié fausse le jugement. Quelques clefs en main et l'on confisque sans tarder la vérité sans aller chercher plus loin, ça te rappelle quelqu'un ? Mais je reviens à mes voisins. Le mari a abandonné femme et enfant, il y a quatre ans. Jusque-là, c'est banal à pleurer. Quoique tu aurais dû voir ces yeux qu'il me faisait quand je le rencontrais dans l'ascenseur. Richard Taylor, il s'appelait. Il y avait chez ce type quelque chose de désarmant : non pas l'œil torve du maniaque libidineux et frustré, mais la détresse d'un homme seul. Seul avec sa femme et sa gosse. Ce qui est la pire des solitudes, tu avoueras. Le genre de mec qui méritait autre chose en quelque sorte. Et non, je te vois venir, je n'ai jamais eu la moindre intention scabreuse à l'endroit de ce pauvre type. Les hommes mariés, très peu pour moi. Je sais de quoi je parle : Philip était marié. Cela dit, Philip ne m'a jamais rien promis, il était très bien avec sa femme et je lui en sais gré, j'aurais été bien emmerdée qu'il quitte sa femme, très gentil Philip, mais bon, pas de quoi faire un couple. Mes voisins donc : la femme s'est défenestrée six mois après la disparition de son mari. Je t'assure. J'étais en train de me masturber et, entre deux contractions, j'ai entendu un bruit sourd. Je me lève, suante, je passe mon peignoir, je me penche par la fenêtre... là, je vois la femme Taylor et l'enfant maculés de sang devant l'entrée de l'immeuble. Tu imagines ? Qu'est-ce qui a bien pu se passer dans la tête de cette pauvre fille ? C'est abyssal... Vive le couple. Elle devait être dépressive, impossible autrement. On ne se jette pas par la fenêtre avec un gosse sous prétexte que le mari a décidé de reprendre sa liberté ! C'est vraiment attacher trop d'importance à la vie de famille. Imagine le degré de désespoir qu'il faut pour en arriver là... Bref, le temps passe. Et voilà que je trouve le mari Taylor dans l'escalier de l'immeuble la semaine dernière... Je t'assure. Juste en haut des marches. Je lui dis : « Vous êtes revenu ? » Et c'était idiot de dire ça, je te l'accorde, mais c'est sorti tout seul. Il a jeté un regard d'incompréhension en direction de son appartement. Il avait dû remarquer l'étiquette au-dessus de la sonnerie avec le nom des nouveaux propriétaires. Et là, subitement, je comprends, je me dis : nom de Dieu, il n'est pas au courant et c'est sur toi que ça tombe, Jennifer Wilson, à toi le plaisir et l'avantage, plus de trois ans après, d'annoncer à ce pauvre type que sa femme s'est foutue en l'air avec l'enfant... J'ai essayé de tâter le terrain pour m'assurer qu'il n'avait vraiment pas eu connaissance des faits et je me suis jetée à l'eau, enfin, disons que je me suis efforcée de le repêcher car c'est lui qui, trois minutes plus tard, était en eau. Il a pleuré un long moment dans mes bras, alors je lui ai dit : « Entrez, je vais vous donner quelque chose à boire, vous ne pouvez pas rester comme ça. » Et il a fait non de la tête. Puis il a eu un faible sourire qui m'a déchiré le cœur. J'ai insisté : « Je vous en prie, entrez, vous ne pouvez pas partir comme ça. » Il a fait non de la tête à nouveau. Je ne savais plus quoi faire. On appelle qui dans ces cas-là ? Je l'imaginais déjà en haut d'un pont en train de fomenter le grand saut. Mais je ne savais pas qui appeler, tu comprends. Il a dit : « Ça va aller, je vous assure. » Et, en mon for intérieur, je me disais : non, ça ne va pas aller du tout, ça ne peut pas aller du tout. Il a ajouté : « Je n'oublierai jamais votre petite voix. » Je ne sais pas ce qu'il y avait à comprendre là-dedans, tu trouves que j'ai une petite voix, toi ? Mais il a dit ça, qu'il n'oublierait jamais ma petite voix. « Est-ce que je peux juste emprunter votre portable ? » J'ai approuvé et je lui ai tendu. Il est manifestement tombé sur une messagerie vocale. Il s'est mis à sangloter. « Rebecca, il est arrivé quelque chose. » Puis, il a balbutié une ou deux phrases inaudibles. Il a raccroché et m'a rendu le portable. Il m'a salué d'un signe de la tête et je l'ai suivi des yeux dans la cage d'escalier. Il a descendu les marches à pas lents et voilà. Quand je pense à cette pauvre Susan Taylor... Et le regard de son mari quand il a vu l'étiquette avec le nom des nouveaux propriétaires... Oui, c'est glauque, je te l'accorde, tu vois : nettement plus glauque que ma vie de célibataire. Qui ne m'a jamais donné envie de sauter, je te le certifie. Je disais d'ailleurs à Philip peu de temps avant notre séparation : si je dois mourir demain, je pourrai dire que ces dix dernières années ont été formidables et que je ne regrette rien. J'aime ma liberté et ma vie ressemble peu ou prou à ce que j'espérais. C'est peut-être stupide de penser à tout ça à trente-deux ans, quoique non, je te conseille vivement de t'interroger à ce sujet parce que je n'ai pas l'impression que tu vas très bien en ce moment, ou je me trompe ? Mais dis-moi : ça te choque vraiment de savoir que je me masturbe ?

« L'infortune de Susan Taylor » a été publié dans la revue *Remix* (Hachette Littératures) sous le titre « Gymnastique », variation autour des premières pages du roman de A.L. Kennedy, *Le contentement de Jennifer Wilson* (Éditions de l'Olivier, traduction de Paule Guivarch).

Les citations dans « Les bons soins de Vanessa Thompson » et « L'amour de Sarah Kane » sont extraites de *Manque* de Sarah Kane (L'Arche, traduction d'Évelyne Pieiller), de la biographie imaginaire rédigée par l'auteur à l'occasion de la première lecture publique de *Manque* (« Outre Scène », traduction de Sarah Hirschmuller et Sinéad Rushe) ainsi que de *4.48 Psychose* (L'Arche, traduction d'Évelyne Pieiller).

Composition CMB Graphic
Achevé d'imprimer
par la Nouvelle Imprimerie Laballery
à Clamecy le 11 décembre 2006
Dépôt légal : décembre 2006
Numéro d'imprimeur : 612043
ISBN : 978-2-07-078129-4

Imprimé en France

144826